書下ろし

うちら、まだ終わってないし

宮津大蔵

祥伝社文庫

Program

目次

Cast

本舞台の登場人物

ポロ

歌劇団の元男役。歌、芝居の実力は高かったが、小柄だったため役には恵まれなかった。寿退団後、娘サキが生まれたものの夫を亡くし、歌のレッスン講師として生計を立てているシングルマザー。アラフィフ。

島田ケイコ

ポロのファンクラブの元代表。高校生時代、ポロと一緒に音楽学校を目指していたが、受験直前、病気のために断念した過去を持つ。

奥井サキ

ポロの一人娘。行きあたりばったりの母にふりまわされて育った結果、年の割にかなりしっかり者の女子高校生となったが……。

ロビン
元男役。最上級生。歌劇団退団後イタリアに渡ったが、認知症の母親の介護のため一時帰国している。

ヒメ
元娘役。ロビンの同期。現役時代、奇跡の美貌とうたわれていた。お嬢様育ちゆえの天然ぶりがつとに有名。

タック
元男役。退団後、ファッションモデルの傍ら、ビジネスでも成功し、テレビ等への出演も多いセレブ。

イチカ
元男役。ポロの先輩。歌劇団時代はイケメンとして名を馳せ、現在は舞台女優として、全国を飛び回る。

ミユキ
最下級生。現役時代はその流し目で多くのファンを悩殺していた元男役。現在は一児の母で専業主婦。

チヨモ
元男役。ロビンとヒメの一期下。歌、芝居、ダンスと三拍子そろったミュージカル女優として活躍中。

オーバーチュア

皆様、本日はお忙しい中、ようこそおいでくださいました。

今回、上演いたしますバラエティーショー、『うちら、まだ終わってないし Vol.1』は、実は二〇二〇年三月に上演予定でした。

ところが、皆様ご存じのように、世の中がこのような状況になり、本日ようやく上演できる運びとなりました。

この間、私たちにはいろいろなことがありました。

コロナ禍《か》の中、病に倒れた仲間がおります。

仕事を失った仲間もおります。

皆様はいかがだったでしょうか？

テレワークでご主人がずっとおうちにいらして、それはそれで大変だったのではありませんか？　以前に比べてずっと顔を突きあわせている時間が長くなり、その結果、ケンカをする回数も増え、離婚寸前になってしまった仲間もおります。

ん、私、今、余計なことを申し上げた気がしないでもありませんが……。

ともかく世界中の人みんなが大変な思いをし、さまざまなことについて我慢を強《し》いられてまいりました。

そして、何よりも私たち舞台人は、その舞台に立つ機会のほとんどを奪《うば》われてしまいました。舞台に立てない舞台人なんて存在理由ありませんよね？

そりゃ、無観客でライブ配信という手も考えました。でも、やっぱり無観客なんてイヤです。お客様あっての私たちです。テレビ画面の向こう側にいらっしゃるお客様を想像しながら演じることなぞ、私たちにはできません。

やはり、私たちは、皆様と一緒に舞台空間をつくろうと思ったのです。

皆様と再会し、私たちの元気な姿をご覧いただける日をどれだけ待ち望んだことでしょう。

今日は、そんな私たちの思いを爆発させたいと思います。

そのためには、皆様のご協力が必要です。

もう既にワクチンを打たれていらっしゃるお客様。ご自分は大丈夫でも、他の方に感染させるリスクはありますから、大変申し訳ありませんが、終演までマスクの着用をお願いいたします。

と申しますのも、ショーの最後に皆様とご一緒に簡単なダンスを踊りたいと思っております。

あっ、そんな難しいものではありません。

三方礼《さんぼうれい》というのをご存じですか？ショーの終わりに上手《かみて》、下手《しもて》、正面のお客様に順番に礼をしますね。それが三方礼《さんぼうれい》です。

お座席に手作りのシャンシャンが置いてあると思います。

そのシャンシャンを、どうぞお手に取って、お立ちください。

今から三方礼の練習をします。

くれぐれもお声を出さないように。

マスクはされたままでお願いいたします。

第一幕

やっぱ、人生の落とし前、つけたいじゃん！

第一場　アラフィフですが、なにか？　二〇一九年三月

「わたしなぁ、今度は、この子がいいと思うねん」

「なんや、あんた、またごひいき、替えるんかいな。今までのひいきはどないすんねん」

「これまでのひいきは……そりゃあ、一生かけて応援していくつもりやで。あたりまえやんか。せやけど現役にもひいきがいいひんとねえ、つまらんやんか」

マダム三人が、かしましく会話している。

ここは劇場近くのコーヒーショップ。歌劇団のファンが集まって情報交換をする場所として、その界隈《かいわい》では有名な店である。壁には歴代のスターたちのポスターが貼《は》られ、エプロンをしたウェイトレスさんたちが忙しく立ち働いている。

マダムたちの様子に、まるで昔の自分の姿を見ているようで、私は、思わず首をすくめた。

ポロが退団してもう二十年になるけど……ファンの様子は、全然変わっていないなぁ、あの頃と。

ポロが所属していた女性だけの歌劇団は、結婚するときには退団しなければならないこ

とになっている。

二十年前、ポロは、寿《ことぶき》退団をした。

私は、ファンクラブの代表だったが、その時点でファンクラブは解散。その後は、年賀状のやりとり程度の付き合いになっていた。

ポロの夫は、若くして他界《たかい》し、それからは、一人で娘を育てている。

連鎖的に彼女との出会いを思い出す。

そうだった。通っていた声楽《せいがく》教室で、高校一年生のとき、初めてポロと彼女のお母さんに出会ったのだった。

長い間、そのお教室に通っていた私は、半分、内弟子《うちでし》みたいな状態になっており、その日もエプロンをつけ、自ら進んでお部屋の掃除をしていた。

ドアチャイムが鳴り、私が出ると、

『本日、面接で参りました』

と母子《おやこ》連れが立っていた。女の子は、私とおなじくらいの年かっこうだった。

私はレッスン希望者がお見えになったことを先生に伝え、お掃除の続きをはじめた。

『ご苦労様です』

女の子は、床を拭《ふ》いている私に声をかけた。

どうも私のことをこの家のお手伝いさんだと思ったらしい。

私もこのお教室に通っている生徒だし、音楽学校の受験生なんだけどなぁって苦笑したのを思い出した。

ひょっとして私、あの頃から使用人体質だったのかなぁ。自虐《じぎゃく》笑いが止まらなくなる。

後日、ポロに何回も何回も全力で謝られたけど、あの子そういうポカするとか、抜けているところがあったんだ。だから、私がポロってあだ名付けたんだ。でも、歌劇団での愛称までポロになるとは思わなかったな。

ドアが開いて、すっと背筋の伸びた女性が入ってきた。濃いサングラスをかけている。お日さまの光がまるでスポットライトのように彼女にあたっている。

私を見つけると、

「待った？」

とにこやかに近づいてきた。

やはりポロだった。

白のシャツの袖《そで》をまくって普通のデニムのパンツ姿。首元の細いシルバーのネックレスぐらいしかアクセサリーはないが、それでも素人《しろうと》じゃない感が炸裂《さくれつ》している。

えらいね。アラフィフには見えないよ。

一瞬にしてあの頃がよみがえる。

私、まだ忘れられていなかったんだということが素直にうれしい。

「ケイコ、元気だった？　ひさしぶり！」

座ってポロがサングラスをはずしたとたん、脇から邪魔が入った。

「ポロさんよね？　やっぱりそうや。ウワァー、ウチら、ずっと観てましたよ。お店、入ってきたときから、もしかして……と思ったら、やっぱりそうやった！」

ほうら、気づかれた。

近くのテーブルにいたマダムたちがわざわざ立ち上がって寄ってくる。芸名でなく、愛称で呼んでくるところがコアなファンの証《あかし》だ。

ポロさん、あなたさぁ、なんでまた、わざわざこんな場所を待ち合わせに指定するの！　すぐ気づかれちゃったじゃない。

昔からポロは豪放磊落《ごうほうらいらく》と言えば聞こえはいいが、脇が甘く、自分を守ることに無頓着《むとんちゃく》なところがある。

「あなた、歌もお芝居も上手やったもんね」

「そうや！　でも、あなた小さかったからねぇ。背ぇさえ、もうちょっと高かったら、絶対トップさんやったのにねぇ。惜しかったねえ」

「そうやそうや、お芝居かて上手やった。背ぇがねえ、残念やった」

「あなた、もう舞台に立ってへんの？」

マダムたちの熱量に私の方がひるんでしまう。

「ええ、そろそろ芸能活動再開しようと思っています。また、よろしくお願いいたします」

えらいものだ。ポロはマダムたちの失礼な言動は全てスルーして、ちゃんと立って笑顔で挨拶《あいさつ》する。

えー、ほんまか？　がんばってな、応援してますよ、とワイワイ騒ぐマダムたちを、ポロは出口までエスコートと見せかけてからのぉ～、お帰りはこちら～と追い払い、席へと戻ってきた。

「いやー、まいったまいった」

ふーっとため息をつき、肩をすくめてあらためて座り直す。

「失礼なマダムたちね。……それよりちょっとあなた、芸能活動再開するって言ったでしょ？　まさかね、冗談でしょ？」

私が問うと、

「……いや、実は本当にそう思ってるの。ケイコにどう切り出そうかと迷ってたんだけど、マダムたちのおかげでかえって手間が省《はぶ》けた。感謝しなきゃね」

屈託《くったく》なくカラカラ笑っている。

あいかわらずのプラス思考である。前から思っていたのだが、どんなときでも、ポロにはへこたれないタフさと明るさがある。これはもう一種の才能だ。私は、ぜんぜん彼女にかなわない。

すっかり彼女のペースに巻きこまれ、これまでの身の上話から、これからの展望まで私はずっと聞き役を務めることになった。口をはさむ暇《ひま》はない。

彼女の話をかいつまむと……。

ちょうど一か月前、自転車に乗って移動中に、車にはねられた。

「えっ⁉」

びっくりする私に、

「ちょっと、話の腰、折らないで！」

と猛烈な勢いで話し続ける。

はね飛ばされて、自転車ごと空中を回転した。そんな自分の姿をどこかで別の視点から見ていた気がする。あー、このまま死ぬんだなと思ったが、目を開けたら奇跡的に無傷だった。

あれ？　これって神様が私を救ってくれた？　まだ、やり残したことできるようにって？

話が一向《いっこう》に見えてこなくて、ん〜？な私の様子を見て、

「ケイコさ、シュヴァルの理想宮って知ってる？　フランスの。私もたまたま動画配信チャンネルで見たんだけどさ……」

あいかわらず話があちこちに飛ぶ人や。そんなの知らないと私が言うと、

「これこれ。これがシュヴァルの理想宮」

スマホで画像を見せられる。

何やら石造りの奇怪な様子の建造物である。

「これね、三十三年かけて、たった一人で、フランスのシュヴァルという郵便配達夫が造り上げたのよ。ピカソも驚嘆《きょうたん》だって。どう？　すごくない？」

そりゃあ、まあ、すごいよ。確かにすごい。だけどそれとあなたの舞台復帰の話といったいどういう関係が？

「なぜ、シュヴァルがこの宮殿を造ろうとしたと思う？」

「さ、さあ？」

「少しは考えてみなよ。……シュヴァルって人はね、ある日、変な形の石につまずいたのね。その石からインスピレーションを得たのよ。宮殿を造れって」

まさかと思ったがそのまさかだった。

「私も事故にあって、死んでもおかしくなかったのに、生かされたんだと思ったんだよね。そして、神様の啓示《けいじ》を受けたのよ。生きろ！　そしてまた舞台をやれ！って」

う～む。私はそういうスピリチュアルな話が苦手である。ともかく舞台をやろうって錯《さっ》覚《かく》しちゃったのね。

声楽や歌唱のレッスンで生計を立てながら一人娘を育てていたが、ようやく手を離れた矢先の事故で、ちょっと変なスイッチが入っちゃったようだ。

「他のOGさんたちもしょっちゅう、ライブとかやってるよね。あなたもそうするの？」

「もちろん、私もステージに立つよ。そのつもり。でも立つには立つんだけど……私は、プロデューサーをやろうと思ってるんだ」

プロデューサー？

あなたが？

シンプルにびっくりしてしまう。

「人からいろいろ指図《さしず》されてやるの、もううんざりなんだよね。どうせ一度は失《な》くした命。これからは、自分のやりたいショーをつくろうと思って。一緒にやりたいメンバーと、自分たちでチケットを売って」

「ふ〜ん、いいじゃない。がんばって」

そんな簡単なことではないと思いつつ、とりあえずは励《はげ》ましておく。

「ケイコはさ、元気そうね。その後、怪我《けが》も病気もなく？　受験のときは、大変だったけど……」

上目づかいで聞いてくる。

そうなのだ。ポロと一緒に音楽学校受験を目指してレッスンに励んでいたのだが、私は大病を患《わずら》い、受験を断念したのだった。あのときの絶望的な気持ちを今でもしょっちゅう思い出す。

「うん、医者からは寛解《かんかい》したと言われているよ。今でも定期的な検査は欠かせないんだけどね」

「そう。それを聞いて安心した。……それでね。プロデューサーやるにしても独りじゃ何かと大変だから、ケイコにお手伝い頼めないかと思って」

びっくりして開いた口がふさがらない。この人はまた、私を引きずりこむつもりなのか！

自分が歌劇団員に昇格したときに、私にファンクラブの代表、通称『お付き』を頼んできたのだった。それも私が長い闘病生活を終えて、ようやく回復した頃を見計らうようにして。

「……ちょっと、それ、びっくりだわ。すぐには答えられないよ」

「ん、そうだよね。いろいろ都合もあるからね。でも、絶対、引き受けてね。頼りにしてるんだからさ……」

あいかわらず強引な人である。

あの頃、私がどんな思いでいたか？

ダンス、声楽、面接、スタイル維持……あれだけ努力してきたのに、直前にドクターストップがかかり、即、入院。試験を受けることさえできなかった。絶望して、死んでしまいたいと声を上げて泣いた。

ポロが合格したと聞いて、私だって、私だって、受験していたらきっと受かっていたよ。模擬試験は私の方が成績よかったんだよ。こんな思いをするくらいだったら死んだ方がましだよ……とまた泣いたのだった。

でも、実際に治療がはじまると、今度は、絶対に死にたくないと思い直した。人間、やはり死ぬことほどこわいものはないのだと気づいたのを覚えている。

だけど治療は、死ぬほど苦しかった。髪の毛が次々と抜け、常時吐き気をもよおし、ゲーゲー戻しながら、こんなに苦しい思いをするんだったら、今度は、いっそ殺してと駄々《だだ》をこねた……そんなつらかったことを次々と思い出す。

家族や友人に励まされながら、ようやく体力も回復し、自宅療養も終わって、普通の生活に戻ってまもない頃だった。

晴れて歌劇団員になったポロから、

『私のお付きになってよ』

と頼まれたのだった。

よくそんなこと言えるね！　……最初は、確かにそう思った。……あきれて物が言えないとはこのことだ、と。

私がどれだけ悔しい思いをしたのか、あなたには想像力のかけらもないのか！と怒りに打ちふるえたことも忘れられない。

しかし、ちょっと冷静になって考えてみると。それは、私の無念さに思いいたらないポロの鈍感《どんかん》さ……というよりも、単に彼女が無邪気なのだろうと思うようになった。

ねえ、私が病気になって音楽学校の試験受けられなかったの、忘れてない？　模擬試験の結果も私の方がよかったよね？　……そんなこと言っても、もう時は戻らないのに。

ねえ、ポロ。私に対する友情から依頼したの？　違うよね。あなたそんなこと何も考えないよね。純粋に私を頼っただけだよね。

当時、ポロのあまりのピュアさに私はたじろいだ。そして、一緒に励んできた友達のお付きになるのは屈辱的でしかないとも確かに思った。

それなのに、なぜあのとき、私は引き受けてしまったのだろう。

答えの見つからない追憶《ついおく》にひたっている私にかまわず、ポロは話し続ける。

「私は裏方に専念するんじゃなくて、出演もしたいのね。だから演出は、別の人にお願いするつもり」

へ〜、そうなんだ。当てはあるの？

「ロビンさんにお願いしたいんだ」

びっくりして声が出ない。

ロビンさん⁉　あの伝説の？

芸事《げいごと》に厳しく、下級生に恐れられていたあのロビンさん？

ポロさん、あなたさぁ、現役時代に叱《しか》られて、よく泣いていたじゃない。

「ロビンさん、演技指導もしっかりしているし、何よりもあの人の舞台を見る目は確かだから……みんなから信頼されているし」

「ロビンさんってイタリアにいるんじゃなかったっけ？」

退団後、すぐにイタリア人と結婚して、向こうで生活していると聞いている。

「それがご帰国あそばされているようなのよ。ねえねえ、ひさしぶりに私が連絡とってみるからさ。ケイコもさ、ロビンさん口説《くど》くの手伝ってよ」

断るはずだったのに、いつの間にかペースにはまっていた。

ロビンさんに会えるという魅力に抗《あらが》えなかったのだ。今度もいつの間にか、ポロの誘いにOKしていた。

ひさしぶりに食事でもと誘ったのだが、娘の夕食の支度《したく》があるからとそそくさとポロは帰っていった。

帰り道、まったく自分の都合ばっかりなんだから、とちょっと腹が立つ。

娘かぁ。もうずいぶん大きくなったんだろうな。ほんの赤ちゃんの頃しか知らないや。

私のところは子どもに恵まれなかった。義母からずいぶん嫌味《いやみ》を言われたものだ。

『孫のひとりでも抱かせてもらいたかった……』

最近はさすがにあきらめたようだが、それでも思い出したように愚痴《ぐち》られる。

マンション入口のオートロックを解除する。

ダイヤルをまわしメールボックスを開ける。チラシとダイレクトメールしか入っていない。

エレベーターに乗り、デリバリーのチラシを吟味《ぎんみ》する。

どうせ、夫は今日も遅い。一人で食事をすることになる。今日は釜《かま》めしにしよう。どうせあの人は、帰ってきてからも飲むに決まっているから……と、夫の分のサラダと竜田揚《たつたあ》げもサイドメニューから頼むことにする。

ソファーでスマホからデリバリー予約をしてしまうとすることがなくなってしまった。

部屋の中を見まわす。低層マンションの2LDK。掃除は午前中に済ませてから出かけていた。特にやるべきことはないが……気分転換に今度、模様替えでもするかな。ローンは残っているし、銀行員の夫には、まだまだ働いてもらわなければならない。ありがとうございます、と心の中で手を合わせる。

ポロの誘いどうしよう？　勢いでOKしちゃったけど、やはり夫にはお伺《うかが》い立てなきゃな。

動画配信サイトからK-POPアイドルの動画を観る。これだけが楽しみなのだ。

でも、今日はなんだか集中できないな。

なんか私、ポロのせいで、いろいろ動揺しちゃってる？　……だとしたら、ちょっと悔しいな。

シャワーを浴《あ》びて、糖質オフの缶ビールのプルトップを開けた夫に、おそるおそる切り出した。

「……ねえ、それはケイコが進んでやりたいことじゃないでしょ？　だってまたポロさんのお世話係なわけでしょ。彼女の現役時代に、ケイコがずっとやらされてきたことじゃないの？」

黙ってきいていた夫は、思いっきり苦い顔をする。

「なんか、あの人にいいように使われているような気がするよ。俺はさ、K‐POPアイドルの追っかけくらいならさ、家計に障《さわ》らない程度でどうぞおやりなさいって言うよ。それくらいはさ、サバけてるつもりだよ。でもね、ポロさんのお手伝いは、ケイコの楽しみっていうわけじゃないよね？……俺は、反対だね」

夫に反対されたから、やっぱりやめとく……って、今ならポロに断れる。

私が音楽学校を目指していて、病気で受験を断念したことも、ポロが現役時代に私が彼女のお付きをしていたことも夫は知っている。

だから、ポロの無神経さと私のお人よしぶりにあきれて、それで怒ってくれているのだ。

ありがたいことです。ホント、そうです。あなたの言う通りです。

……でもね、それでもちょっと違うって、私は思っているんだ。

ポロと苦労を共にした私の青春は、決して全否定されるものではないだろうってね。

第一、夫は『お付き』っていうのは、付き人、身の回りのお世話係としか思っていないけど、実質はファンクラブの代表だよ？

他のファンクラブといろいろ交渉することもあるし、もちろん自分のところのメンバー管理や運営も行なう大事な役目なんだ。

決して夫が思っているような『召し使い』なんかじゃない。

他の人が経験できなかったことを、私は経験したのだし、何よりもあの日々は、楽しく充実していた。間違いないよ。

そりゃ、つらいことだってありましたよ。他のファンクラブと、もめたり心ない中傷《ちゅうしょう》をされたりして、ポロと一緒に泣いたことだって数知れない。

でも……でも、今でも私は舞台が好きなんだよ。どんな形でもいいから舞台に関わりたいんだよ。

いいの。自分は舞台に立てなくても、舞台に立つ人たちを支えるだけで。

天邪鬼《あまのじやく》のつもりはないけど、夫に反対されたことによってかえって闘志みたいなものが湧《わ》いてきた。

◇◇◇

「う〜ん、知ってると思うけど、母親が認知症になったから仕方なく、私、帰国したのよ。また舞台やりたくて戻ってきたわけじゃないから」

新宿《しんじゆく》の中村屋《なかむらや》でひさしぶりにお目にかかったロビンさんに、のっけから渋い顔をされた。

別に私の上級生でもなんでもないんだけど、あいかわらずの迫力に喉《のど》がカラッカラになる。

「お母さん、だいぶお悪いんですか？」

やっぱり、ポロはえらい。

ロビンさん相手でも簡単には引き下がらない。何のために夜行バスに乗って、二人東京まで来たのかって話だよね。私もがんばんなきゃ。

「うん、私がちょっと家にいないと、今、何時なの？って電話してくるよ。六時だって言うと、朝の？　夜の？って聞いてくるよ。ホントもう脱力しちゃうよ」

びっくりしてしまう。それは、かなりひどいな。人間、そんな風になってしまうのか？

「私もね、けっこう、こたえてる。昔は、PTAの会長までやったんだよ。子ども心にもうちのお母さんすごいって思ってたんだけどね。もうショックでショックで」

「ロビンさん、今、お母さんと同居されてるんですか？」

「そう。父親も、もう亡くなって一人暮らしだったからね。何が危ないって、やっぱり火だね。料理なんかさせられないんだけど、目を離すと勝手にガスコンロいじっちゃうしさ。全部ＩＨに替えようと思ってるんだけど……」

ポロがさえぎる。

「ロビンさん、一人で介護するの大変でしょ？　施設は考えてないですか？」

「それもしょっちゅう考えるよ。でもね、これまでさんざん好きなこと、やらせてもらってきたんだからね。これからは親孝行しなきゃと思っているんだ」

「でも、それじゃあ、ロビンさんの方が疲れちゃいますよ」

「いやあ、あそこの娘は薄情だって、親捨ててイタリア行っちゃったって、これまでもさんざん言われ続けてきたからさ」

「人がどう思うかなんて関係ないじゃないですか。絶対、介護は身内でなく、プロに任せた方がいいですよ」

私が言うと、

「ロビンさん、イタリアで生活していた人が、そんな義理人情みたいなこと言ってたらおかしいですよ」

ポロも続ける。

「……できないって言ってるのに、二人ともがんばるねえ。……介護はプロに任せて、私に舞台をやれと。あなたたちの方が、よっぽど義理と人情に訴えてない？」

「私たちはずっと日本ですから。義理と人情、得意技ですから」

ポロが元気いっぱいに返事する。かなわないなぁとロビンさんは苦笑いする。

「まあ、ちょっとは考えてみるけど……期待しないでね」

そう言って、ロビンさんは帰っていった。

「ダメだったか〜」

さすがにポロも落胆したようだったが、

「でもね、あきらめないよ。最終回、逆転満塁サヨナラホームランがあるかもしれない」

やっぱりポロはすごい！

こういうのって、一種の才能だと思う。

ともかくいったん大阪に帰ろう。

新幹線か飛行機で、と私は提案するが、ポロは夜行バスにこだわる。

「そんなところにお金使う余裕はない」

だからチケット代はこちらで持つと言っているじゃない。もうお互いアラフィフなんだし、こんなところでケチると後でかえって高くつくんじゃないの？　腰痛になったり肩こりがひどくなったり不定愁訴《ふていしゅうそ》がひどくなったりしないですか？　結果として医療費がかかるんじゃないですか？

夜行バスに乗ったとたん、秒でポロはスヤスヤしだした。

まったくタフだとしか言いようがない。

私は神経が細く、枕《まくら》が変わると眠れないタイプである。

ホント付き合いきれない。

ロビンさんに断られたのだから、結局、無理だったねということになるんだろう。骨折り損《ぞん》のくたびれ儲《もう》けという古い言葉を思い出してしまった。

眠れないままじっとしているのもシャクなので、イヤホンをセットする。

スマホのブルートゥースをつなぐ。

まったく便利な世の中になったものだ。

ポロのお付き時代は、ただじっと携帯が鳴るのを待っているだけだった。小心者の私は、着信音が鳴ったらすぐに駆けつけられるように、落ち着いて本を読むこともできなかった。

プレイリストから、ミュージカル『スカーレット・ピンパーネル』より『ひとかけらの勇気』をセレクトする。

なんだか無性《むしょう》に聴きたかった。

◇◇◇

メンバー候補のイチカさんに、大阪での舞台出演があるということで、ポロと一緒に観にいく。イチカさんは、退団後も好んで小劇場でもアングラでも舞台に立ち続けている。

今日の舞台は、なんだかよくわからないSF物だった。

椅子《いす》が硬くなければ、たぶん爆睡していた。

イチカさんは、主人公のお母さん役。エプロンつけて掃除して「早くご飯食べちゃいなさい」とばかり言っていた。

ポロの顔が険《けわ》しくなる。

「イチカさん、もっと光り輝けるのに……」
そうだね。もっと仕事選ばないとファンの皆さんもかわいそうだ。
歌劇団にいた頃は、彼女の〝イケメン〟ぶりにファンはときめいていたはず。
それが、こういう……何ていうの？　よく言えば渋い？　悪く言えば、いやそのまんま
言えば、地味《じみ》な役をやっているイチカさん観たって、ファンは悲しいだろうって思っちゃ
う。別にこの役、イチカさんがやらなくてもいいよね？
イチカさんが出ていれば何でも観にくるのがファンなのか？　イヤイヤ、やはり寂しい
だろう……。私の心はゆれ動く。
お会いして、私たちが用件を話すと、イチカさんは渋い顔をした。
「私ね、何でも出ているって思ってるかもしれないけど、ちゃんと職業として女優やって
いるんだから、採算とれないような舞台に出る気ないのね。だからノーギャラ、ボランテ
イアじゃ出ないよ、大丈夫？　あっ、そう。ギャラ、出せるんだ。ふ〜ん。……私の他に
誰が出るの？」
「……今、探しているところです」
「……私とポロだけじゃ、お客さん、入らないからね。どのくらいのキャパでやること考
えてるのよ？」

「それもこれから……」

「ちょっと……演《や》る内容も決まってなくて、よく誘いに……」

あきれかえるイチカさんに、食い気味にポロが叫《さけ》ぶ。

「でも作・演出は、ロビンさんですよ！」

思わずギョッとしてポロの顔を見る。

テーブルの下で足を蹴られる。余計なこと言うなって？

「えっ、ロビンさん、帰国してるの。それで本当にやるって？　ふ～ん、ロビンさんがやるんだったらやろうかな。おもしろそう」

すかさずイチカさんの来年三月のスケジュールを押さえてしまう。

「じゃあ、がんばろうね。楽しみにしてるから」

イチカさんをホームまで送り、新幹線が出ていくのを見届けると、ポロに向き直って私は睨《にら》む。

「ねえ、私たちって、ロビンさんには断られたんだよね」

「……もう一回、全力で口説く。絶対なんとかする。それと、イチカさんも言ってたけど、集客できる人集めなきゃね」

集客……大事。とっても。

　ポロは舞台から離れて二十年にもなる。とっくにファンクラブも解散している。イチカさんは逆にしょっちゅう出演しているから、ファンも全部お付き合いするのは大変だろう。

　ここはドーンとお客さんを集めてくれる人材が必要だ。

「ねえねえ、あの人どうかな？　元トップの……」

　私が、ポロと仲良しだった元トップスター男役の名前を口にすると、

「私ね、元トップさんに声かけるの、今回は無しにしたいんだ」

「えっ、どうして？」

「う〜ん、トップに頼らなくても、十分いい舞台がつくれることを証明したい……みたいな？　的な？」

「……それって、あなたの意地とかプライドってわけ？」

「まあ、私たちみたいな脇役の方が、自分の得意分野を活かさないと生き残れないというのがあったからね。歌劇団にはトップだけじゃない、歌、踊り、芝居のエキスパートがいるんだって示したいのよね……。私たちは別に肉体の衰《おとろ》えだけを感じてやめたわけじゃない。それぞれ結婚とかいろんな理由で歌劇団をやめて、第二の人生を歩みはじめたんだけど、それがひと段落ついた今、あなたはホント燃えつきたの？　もう舞台やらなくてい

いのか？っていう話だよね。トップじゃなかったけど、それぞれの分野でひとかどのバイプレーヤーだった人たちをそろえて、みんなびっくりするくらいのショーをつくりたいのよ」

なるほど。しかし、元トップさんじゃないと集客は見込めないのではないか。

いや、待てよ。

「じゃあ……ミユキちゃんだ！」

後半の「ミユキちゃんだ！」は、期せずして、二人声がそろってしまった。

ミユキちゃん……長身の二枚目男役。あの流し目はまさに殺人兵器。ファンを魅了《みりよう》して離さない。

彼女なら、きっと……。

◇◇◇

一児の母には、とても見えなかった。

ひさしぶりに会ったミユキちゃんは、現役時代の体型をキープしていて、とても若々しい。それでいてとても女性っぽい。東京の高級住宅街のセレブ奥様の典型だ。元男役には、とても見えないぞ。流し目ビーム、健在なのか？

大丈夫なのか？

「もう子どもが大きくなって手が離れましたので、そろそろ歌で復帰しようと思ってたんですけど……」

微妙な言い回し。ポロが強引に誘う。

「それはうれしい。じゃあ、一緒にやろう！　気心の知れた人がいると心強いよね？

……で、誰か元娘役で一緒にやりたい人いないかな？」

「ヒメさんがいいです！」

即答である。

ヒメさん……これまたロビンさんとは違った意味で伝説の上級生である。

現役時代は絶世の美女とうたわれた。彼女のウインクで悩殺された男性ファンも数多いはず。

女性ファンを魅了するミユキちゃんと男性ファンを悩殺するヒメさんの最強タッグができあがれば、こんな素晴らしいことはないが……。

失礼だが、お二方とも今やアラフィフ。果たして神通力《じんずうりき》は残っているのか？　不安である。

東京に頻繁《ひんぱん》には出向けないので、ヒメさんには、ビデオ通話で交渉する。

事前にミユキちゃんから好感触だと聞いているので、そんなには緊張しなかった。

「キャー、ひさしぶり〜。元気してたぁ？」

ディスプレイに現われたヒメさんは、すっぴんということもあり、やはりどう見てもアラフィフである。

あらためて、ポロが一緒に舞台つくろうとお誘いすると、

「えー、そんなの無理、無理」

とか言いながら、けっこううれしそうである。

伝説の天然美女。今回はどんな伝説をつくりあげてくれるのか、なんか楽しみになってきた。

なにせ、ファンの方からいただいたマツタケを、洗剤を使ってタワシできれいにゴシゴシ洗い上げ、まるで香りがしなくなったマツタケご飯を提供したというお方だ。

また、あるときは芋《いも》ご飯をつくろうとして、さつまいもを一本そのままごろっとお米と一緒に炊飯器に入れてスイッチを押したという逸話《いつわ》もある。なんでも、そうすると炊飯器が勝手に芋ご飯をつくってくれると思いこんでいたとのことである。そんな優秀なＡＩを

搭載した炊飯器、あるかいな！

ああ、ヒメさん、ヒメさん。楽しみすぎます。

今度はどんな伝説をつくりあげてくれるのでしょう。

二〇一九年四月。口説き落としたメンバーで東京・目黒《めぐろ》のイタリアンレストランに集結した。

『実は、ロビンさん、まだ口説けてないの』

ポロは正直にみんなに謝って、『ロビンさんを囲む会』をイチカさんに開催してもらうことにしたのだ。

お店に入ってきたロビンさんは、私がいるのを見て、

「なんか、悪だくみの匂いがするなぁ」

ちょっと苦笑いをされた。

あー、私がいるとそんなふうに思われちゃうなぁ。本当なら皆さんと同じ席なんかにいられる身分じゃないんだよ、私は。おい、ケイコ、分《ぶん》をわきまえろ。

「いえいえ、今日はあくまでもロビンさんの凱旋《がいせん》帰国を祝う会ということで」

あわててイチカさんがとりなす。

「何を言ってんの！　凱旋なんてとんでもない。母親の病にかこつけて、イタリアから逃げ帰ってきたのに」

えー、イタリア、とっても素敵～と後ろめたい私たちは、ここぞとばかりはしゃいでみせる。

「観光で行くんならいいんだけどね、生活するとなると、なかなかタフなところなのだよ」

ロビンさんは、ナポリで日本人相手の観光ガイドをしているのだそうだ。海千山千《うみせんやません》のナポリ商人たちと日本人観光客はしょっちゅうトラブルになるらしい。

「その後始末をしていると、あーあ、わざわざ日本からやってきて、一体私は何をやってんだろうなあって思うよ」

ため息をつかれる。

「向こうの人、強いからね。特に女の人。買い物で、女店員さんが金額間違っても絶対、認めないもんね。今、こういう金額になったんだ。間違いじゃないって言い張るのよ。あと、おつりが間違っていると言っても、いいや、ちゃんと渡した。間違えてない！って言い張るしさ。毎日、ケンカよ。そういうのって、ほとほと疲れちゃうのね。あとさ、ホテルのスタッフがインクルーシブだって言うから、朝食食べたら、それはやっぱり別料金だったから支払えって言われたんだとさ。泣きつかれて私が交渉に行ったら、フロントの女性が、すごい形相《ぎょうそう》で食べたんだから払えって怒鳴《どな》るんだよ。仮にも客だよ。チェックアウトで部屋代はちゃんと払ってるんだよ。そんな客に向かって怒鳴るホテルのフロントなんて日本にいないでしょ？」

みんな、びっくりしてフンフンと聞いている。

なぜ、またイタリア人と結婚？という質問に、

「日本に留学に来ていた彼にプロポーズされて、ついOKしちゃったの。自分の年齢考えると、このチャンスを逃すともう一生結婚できないって思っちゃってね。あせっちゃダメね。向こうは私より一回りも若いんだよ」

そう言ってスマホで旦那《だんな》様の写真を見せてくれる。う～む、老《ふ》けてるなぁ。とてもロビンさんより年下に見えないよ。

「やっぱり日本がいいよ。向こうはね、サラダドレッシングって、なかなかないんだよ。なんでもオリーブオイルに塩、コショウなんだよ」

そう言いながらドレッシングをかけたイタリアンサラダをおいしそうに召し上がっている。確かにサラダドレッシングないのは、つらいかもしれない。

「でも、旦那は、基本優しい人だから、お母さんが具合悪いんだったら日本に行っておい

でって。心ゆくまで看病しておいでって。まあ、私がいない間は、鬼のいぬ間になんちゃらで、誰彼構わずベッラベッラ言い寄ってると思うけどね」

ロビンさんのお言葉にみんなどう反応してよいかわからず、私たちはヘラヘラ笑うしかない。

目黒川の桜は、ほとんどが葉桜になっていた。

温暖化の影響かどうかわからないが、近年見頃は三月下旬ということなので、ひょっとしたら、来年の公演のときは、桜が満開かもしれない。

おそるおそるポロが作・演出を切り出してみると、とたんにロビンさんの顔がこわばった。

「なんだぁ、やっぱりその話かぁ。私、母親のことがあって帰ってきたと言ってるじゃない。絶対、無理だって！　母親の介護しないで、日本で舞台なんかやってるのバレたら夫に離婚されちゃうよ。あなたたちに人の家庭を壊す権利なんてないよね？」

声は決して大きくはないが、お怒りの圧がすごい。

私たちはただうなだれ、ハイ……ハイ……いえ、そんなつもりではありません……と言うしかなかった。

そしてロビンさんは、お母さまのことが急に心配になったのか、あわててお帰りになった。

「ロビンさん、怒ってたね」

ミユキさんがつぶやくと、ヒメさんが、

「そうだね。介護で忙しいのに、だまして呼び出しちゃったのが悪かったね」

ため息をつく。

首謀者であるポロと私はシュンとなってしまう。イチカさんには特に迷惑をかけた。

「まあ、それはいいよ。計画に乗っちゃったのは、私なんだからさ」

イチカさんはそう言ってくれたが、続けて、

「どうする？　ロビンさん抜きでこのメンバーで何かつくる？」

全員の顔を見まわした。

しばらくみんな、黙ってしまう。

「ロビンさん、よっぽどの覚悟で帰ってきたのよ。歌劇団すっぱりやめてイタリア行ったわけでしょ。それなのに今度は、向こうの生活をおっぽり出して帰国したわけでしょ、お母さんの介護のために。……日本で舞台やるなんて、やっぱり無理だと思うな、私」

ミユキさんが現状を整理する。

「認知症って大変なんだよ。徘徊《はいかい》しだすと目が離せないって言うよ。うちの近所に一年以

上、行方不明になってまだ発見されてない人がいるって」

ヒメさんが続ける。

「じゃあさ、ロビンさんかつぎ出すの、やっぱりあきらめたほうがいいよ」

「介護があるんじゃ無理だよね」

「でもさ、介護、自分でやるのは大変だよ。病院か施設か……せめてデイケアサービスを利用するとかしないとね」

ミユキさんとヒメさんの話は、どんどんネガティブになっていく。

「ポロ、やっぱりロビンじゃないとだめだよ。ロビンが作・演出するっていうから私たち、その気になったんじゃない。ロビンってアイディアいっぱいあるし、私たちのいいところ引き出してくれるから。アドバイスもすっごく参考になったしね」

ロビンさんの同期であるヒメさんが言えば、

「私たちがちゃんとできるようになるまで、お稽古、付き合ってくれたしさ。厳しいことは厳しいんだけど、ああいうのが本当の優しさなんだとつくづく思うわけですよ」

ミユキさんが賛同する。

「そうだね。ポロ、仕切り直したほうがいいかもね。私たちはロビンさんが演出じゃないとやらないよ」

イチカさんが話を打ち切った。

◇◇◇

私たちはまた夜行バスにゆられている。

ロビンさんに面と向かってちゃんと謝らなきゃとポロが言いだしたのだ。

ポロも私もずっと目を閉じ、会話もしなかった。

気が重い。せっかくはじめようとしたのにもう終わってしまった。敗北感がずしりとこたえる。でもともかく謝らなければならない……。

そんなことを何度も何度も考え、目は閉じているが一睡《いっすい》もできなかった。

新宿にバスが着き、そのまま小田急線《おだきゅうせん》に乗る。

祖師ヶ谷大蔵《そしがやおおくら》という駅で降りる。

「あっ、ウルトラマンだ！」

ポロがつぶやく。商店街の入り口にウルトラマンの像が立っている。見まわすと『ウルトラマン商店街』という旗があちこちではためいている。

「ウルトラマーン、助けてよぉ～」

ポロがうめく。

小田急線の高架を支えるコンクリートの柱がいくつも並んでおり、曇天《どんてん》とあいまって街全体がグレーのイメージである。そんな高架下をしばらく歩き、ロビンさんとお母さんが住むマンションにたどり着いた。

ロビンさん、陽光きらめくナポリからお母さまのためにお戻りになって、どんな気持ちでいらっしゃるのだろう？

一〇一号室のインターフォンを鳴らす。一階にお住まいなのは、お母さまの足が不自由なせい？　などといろいろ考えてしまう。

緊張しながらポロが名前を告げ、オートロックを解除してもらう。

「あらぁ、ポロさん、全然変わってないねぇ。おひさしぶりねぇ」

予想外だった。ドアを開けてくださったのは、お母さまだった。

「あらぁ、ポロのことは覚えているんだ」

続いて出ていらしたロビンさんも驚いている。

「お母さま、おひさしぶりです。あの節はお世話になりました」

ポロが挨拶すると、

「ほんとにねぇ。あなた、全然変わらないわねぇ。私はすっかりおばあちゃんになって、最近、物忘れが激しくなってねぇ」

ニコニコとお話しされている。思ったよりお元気そうだ。

「そんなことないですよ。お声もしっかりされているし、お元気そうです」

「あなたはどなた？」

ポロと一緒に何度かお目にかかったことはあるが、さすがに私のことはお忘れになっているようだ。

私がポロの元お付きだと言うと、

「あぁ、思い出した。あなたも受験目指していたのに、ご病気で断念されたのでしたよね。どれだけ残念だったかと思って……それなのに、ポロさんのファンクラブ代表なさっていたのよね。私、あなたのこと、健気《けなげ》で健気で……」

お母さまは、とうとう涙を流してしまわれた。

私なんかのことまで、よく覚えていらっしゃるなぁ。当然のように私は、もらい泣きしてしまう。

……あら？

ふと気がつくと、ポロもロビンさんも一緒になって泣いている。

私たちって変？

これって集団ヒステリーみたいなもの？

号泣しながらお母さまは、

「ところで今日のご用事はなあに？」

お尋ねになる。

「この前、ロビンさんに大変失礼をいたしまして、そのお詫《わ》びに本日は伺いました」

あわててポロが、手土産《てみやげ》をお母さんにお渡しして、そろって深々と頭を下げる。

お詫び？　お母さまがいぶかしげである。

「まあまあ、こんなところで立ち話もなんだから、まあお上がりなさいよ」

ロビンさんがようやくスリッパを出してくれた。

「あら、やりなさいよ。私もひさしぶりにあなたの舞台観たいわぁ」

私たちの話を聞いて顔を輝かせるお母さまに、ロビンさんは、苦笑する。

「ロビンさん、お母さまがこうおっしゃっていらっしゃいます。ぜひお願いいたします」

おいおいポロ。私たちは謝罪に来たんだぞ。調子よすぎるぞ。あわてて制止しようとする。

「お母さん、そんな簡単なことじゃないのよ。私がお稽古でいなかったら、お母さん一人でいられないでしょ」

「大丈夫。ケアマネージャーさんと一緒にいるし、デイサービスにもちゃんと行くから」

「本当？　デイサービスの佐々木《ささき》さん嫌いだって、またわがまま言うんじゃないの？」

「大丈夫、大丈夫。いい子にしてるから」

「あーあー、この人は八十二歳にもなって自分のこと、いい子なんて言いだしちゃったよ」

お母さまはテヘペロってなっている。お茶目《ちゃめ》だ。

「ロビンさん、日本にお帰りになったばかりなのに、デイサービスとか、そういうお手続き、一人でなさったんですか？　あの、今回のこととは別に、私そういうお手続き、代理でいたしますから、何でもおっしゃってください」

私が口をはさむと、

「いや、大阪の方にそういう手続きのことお願いするなんてできませんよ。……自分でなんとかするしかないですよ」

「もし、そういうケアがすべてうまくいったら、ロビンさんはイタリアに帰ってしまわれるのですか？」

こら、ポロあせるな！　そんなことおっしゃってないぞ！

ロビンさんは、苦笑いしながら、

「ねえねえ、前から聞こうと思ってタイミング逃《のが》していたんだけれど、なぜ、私なの？ポロが自分で、やりたいステージをつくればいいじゃない。なぜ、私をかつぎ出そうとするの？」

ポロが待ってましたとばかりにしゃべりだす。

「それは、私が事故にあったときに、インスピレーションがパッと浮かんで、ロビンさんに作・演出をしていただくとすっごくいい舞台ができるって思ったんですよね。もうこれ、絶対です。私がシュッてプロデューサーやってロビンさんが作・演出！ドヒャッてこれしかないと思ったんですよ！」

ロビンさんはあきれた顔をしている。

ポロは自分の考えを言葉にするのが昔から下手《へた》。すぐ、ドバッとかシュッとか擬音《ぎおん》を使って勢いだけで乗り切ろうとしてしまう。

「ロビンさん、私、ポロと付き合い長いのですが、ポロの直感はいつもすごいって思ってるんです。ポロが良いものをつくるためには、どうしてもロビンさんが必要だって言うのなら、私はポロの勘を信じます」

「ふ〜ん、ポロはケイコさんがいないとダメなんだねえ。ポロがうまく話せない分、全部ケイコさんがフォローしてるんだねぇ。ねえ、ポロ。私だって、演出なんてこれまでしたことないんだよ。ずっとイタリアにいて、母親の介護もしなければならない。それが急に演出だなんて無理だよ。自信ないよ。やっぱりお断りするしか……」

「ロビンさんがうんと言ってくださらなければ、この話は流れます。皆さん、ロビンさんが演出だからって集まったんです」

「私みたいな学のない人間が演出なんてできるはずないよ。だって何にも勉強したことないんだよ」

「大丈夫です！　ロビンさんなら絶対素晴らしい舞台つくれますって。私の勘を信じてください」

もう、その根拠のない自信はどこから来るんだよ〜とロビンさんは大きなため息をついた。

「私のためだと思って、おやりなさいってば。それで皆さんにいい役あげて。演出さんならそれできるんでしょ？　あなたの演出作品観られるなんて、いい冥土《めいど》の土産ができるわぁ〜」

お母さまがそうおっしゃった。ポロよりずっと説得力あるぞ。

ロビンさんもびっくりしている。

「そうだね。お母さん、私の舞台観るの好きだったもんね。じゃあさ、お母さん、元気にしていて、絶対観にきてね。約束してちょうだいよ」

「行く行く。皆さん、がんばってね」

お母さまは大はしゃぎである。

「あなたたちの顔を見たら急に頭、しっかりしたね。普段はまともに会話できないこともあるんだよ。でも私が舞台やることで、母親に生きる張りが出るんなら……そうね。お声かけありがとう。精一杯がんばるよ」

目を赤くしたロビンさんがこたえると、

「はい。こちらこそありがとうございます。お母さまのこと、こちらもサポートしますので、何でもおっしゃってください」

涙ながらにポロもこたえる。

「あと、誰、誘います？」

そのまま作戦会議に移行しようとしたが、お母さまがロビンさんにまとわりつき、私たちに話しかけ、話が進まない。

では、外のお店に行こうとすると、お母さんが泣いてロビンさんに抱きついて、ここにいてとおっしゃる。

仕方がないので、ロビンさんが、歌劇団時代のロビンさんやポロの動画をタブレットで見せるとおとなしくなってじっと見入っている。

よく美容院でお母さんが小さな子どもが騒がないようにアニメを見せているが、まったく同じ様子だ。

ロビンさんのお母さまは、もう小さな子どもになってしまわれたのだ。

◇◇◇

ロビンさんはこうおっしゃった。

『ライブやコンサートじゃなくてね、私はね、どうせやるならバラエティーショーをつくりたいのね。会場もライブハウスとかじゃなくて、シアターで。どうせやるならね』

ポロはびっくりして、えー、予算が……とか失敗できないし……とか生活かかってるしとか口ごもる。

『もうすでに集めたメンバーの名前、教えて。……なかなかすごいね。でもあと一人くらい要《い》るな……うん、やっぱり要るよ。そうだ！　タックちゃんを口説いて！』

『えっ、あのタックさんですか？　だってあの人、ビジネス大成功してるじゃないですか。テレビによく出ている有名人だし、無理ですよ』

『たぶん、このままだと集客に苦労すると思うよ。タックちゃんが出るとなると話題にもなるし、彼女のファンや会員さんがみんな観にきてくれると思うから』

なるほど。

タックさんは、ポロの一期上の元男役さん。ファッションブランドや美ボディフィットネスの経営と、手広く実業家として活躍している。

マスコミにもしょっちゅう登場し、彼女のブランドのファンも多いし、経営するフィットネスクラブの会員さんも、ものすごい数らしい。

確かに彼女を入れると集客の面では大いに助かるに違いない。

しかし、超多忙な彼女が果たして参加する？

するわけがない。無理ですよ、無理に決まってますよ。

ポロが電話するのをスピーカーモードにして私も聞かせてもらう。

「……おっ、ポロ？　何よぉ、ひさしぶりだねぇ。元気してた？」

さすがに成功者は違う。潑剌《はつらつ》とした声をされている。

「えっ、舞台？　ちょっとぉ、私、やめて何年経ってると思ってるのよ！　無理に決まってるじゃない」

決まっている公演日程を告げると、

「まあ、空《あ》けようと思えば空けられる日程ではあるけれど、やっぱり、私、無理。仕事忙しいから……」

「どうしても無理ですかぁ。ロビンさんが作・演出なんだけど……」

「えっ、ロビンさん、帰ってきてるの？　イタリアでしょ？」

ロビンさんが演出と聞いたとたん、食いついてきた。

「ロビンさん、全員に0番《ぜろばん》で見せ場をつくるっておっしゃってました」

0番……舞台の前方には、出演者が自分の立ち位置を確認するためのナンバーがふってある。

センターが0番。そこから上手《かみて》、下手《しもて》両方の端に向かって1番、2番……と数字が増えていく。

今回招集されたメンバーは全員、現役時代、0番は定位置ではなかったはず。

「えっ、ホント？」

「ホントホント。ロビンさんの構想はですね……」

一生懸命、ロビンさんの受け売りを話す。

そのどれが、タックさんの心を動かしたのかわからないが、

「……稽古いつから？　わかった。じゃあ、それまでに体、つくっておくから」

びっくりする。なに？　そのやる気。

仕事は大丈夫なのか？

ロビンさんにタックさんがＯＫだったことを報告すると、

「そうだね。今の仕事、成功してても、現役のときのくすぶりを消しておかないとね。これを逃したら一生、できないわけだからね」

してやったりとばかりに、スマホの向こうでロビンさんは、ニヤリとした。

こ、こわ〜い。

ロビンさんが大学の先生のシンポジウムに登壇するというので、東京まで観にいく。

ポロは、仕事の関係で行けないから、私一人で伺うことになった。

制作費から高速バス代を出してもらうんだけど、ポロがいないから、伊丹《いたみ》から飛行機で向かうことにする。まっ、足りない分は自腹だけど。夜行バスは、アラフィフの身にはつらすぎる。

ロビンさんと待ち合わせて、講演会場に向かう。

セキュリティの問題があり、歌劇団ＯＧがスペシャルゲストというインフォメーションがあるだけで、ロビンさんの名前は発表されていない。

会場は、いわゆる階段教室というやつだった。

どれぐらい席数あるんだろう。ざっと計算してみる……三〇〇ぐらいか。それがそこそこいっぱいになっている。

私たちの舞台もこのくらい入るといいな。

オープニングは大学の先生たちの発表だった。

女性一名、男性二名の三人がパネリスト。歌劇団の歴史的意義や戦略についての結構お堅《かた》い話だった。歌劇団って研究対象になるのね。

「それでは、本日のスペシャルゲストは、つい先日イタリアから帰国されて……」

皆さん、固唾《かたず》をのむ。ロビンさんの芸名が紹介されるが、すぐ付け足して、

「ロビンさんです。お帰りなさい！」

と呼ばれた。

大学教授は皆、歌劇団についての研究者。それがロビンさんの前では、ただのファンのようになってしまうところが、なんとも微笑《ほほえ》ましい。

みんな歌劇団が好きなんだなぁ。好きだからこそ研究対象にするんだろうけど。

ロビンさんが颯爽《さっそう》と登壇すると、客席からキャーッという歓声が起こった。

やはりこういう場にお立ちになるとオーラが違う。

ご挨拶に引き続き、大学のカワサキ先生との対談というスタイルで講演会がはじまった。

「先ほど、カワサキ先生からお帰りなさいと言っていただきましたが、イタリアから帰国したのともう一つ、私、帰ってきた場所があるんです」

ロビンさん、何を言いだすんだろう。

「私、せっかく日本に帰ってきたのでひさしぶりに舞台をやらせていただくことになりました。というわけで、帰ってきた場所とは……日本の舞台です。そして、これ大事なのでよく聞いてくださいね。今回、私はただ出演するだけでなく、人生で初めて……作・演出なるものをやらせていただくことになりました」

ウオーッと、どよめきが起こる。

「さて、そこでリサーチさせてください。歌劇団のOGたちが自分たちで舞台をつくるとしたら、皆様、どのような舞台がご覧になりたいですか？」

急遽《きゅうきょ》、質問コーナーになってしまった。

でも、カワサキ先生はニコニコしている。他の先生方も何もおっしゃらない。

「ロビンさんの他に、どなたが出演されるんですか？」

「えー、まだそれは秘密にさせてくださいな。再度、質問の確認をさせていただきますよ。皆様、どのような舞台がご所望《しょもう》ですか？」

ロビンさんが言うと客席がドッと受ける。

「私たちのグループには、お金がありません。宣伝費なんてありません。ですから、ご案内は郵便ではなくメールで差し上げたいと思っております。ご連絡先を教えていただける方は、メールアドレスをこの紙に書いてくださいね」

すんなり宣伝もしてしまった。さすがである。

「書かれた方はお帰りの際に、あそこにいる女性に提出してくださいね」

私はあわてて立ち上がり、こっちですよ。私に提出ですよ～とアピールした。

講演会が終了し、連絡先を記入するために、長い列ができる。

記入しているマダムに「ロビンさんのマネージャーさん？」と聞かれ、トホホな気持ちになったが、面倒くさいので「ええ、そうです」と答えておいた。

◇◇◇

「お疲れのところ、申し訳ありません」

イチカさんは、メイクを落としてすぐに駆けつけてくれたみたい。公演中にもかかわらず、たくさん荷物を持って、おなかぺこぺこ～ってお店に入ってこられた。

今日はイチカさんに、公演に必要なスタッフを教えてもらうためのミーティングをお願いしたのだ。

「ううん、かえって好都合。助かった。飲み会に出なくていい大義名分《たいぎめいぶん》ができたってもんよ」

「えっ、今日飲み会だったんですか？　すみません。本当に大丈夫なんですか？」

「いいのいいの。だって連日、飲み会なんだよ。いい加減、嫌にもなるよ」

「へえ～、舞台がはねたらみんなで飲み会なんて楽しそうじゃないですか。うらやましいですよ」

ステージが終わったらでいいのに、『舞台がはねたら』なんてまるで業界人みたいな言い方をしてしまって我ながら恥ずかしい。

でも、イチカさんはそんなこと関係なしに、

「あのね、その実態は、飲み会という名の反省会、説教会なんだよ。毎回毎回、芝居はさあ、やっぱ愛なんだよねとか、愛がないとさ、芝居はダメになっていくんだよ！なんて話

だか説教だか、演劇論みたいなもんばっかを延々《えんえん》と聞かされるわけ。恥ずかしくって聞いてられないよ」

ふ〜ん、そんなのが毎日だと確かに気持ち悪いわ。愛だよ愛、なんていい年して今でもそんなこと言ってる人がいるの？

「私は、上品なお食事会がいいんだよ。この人なんか」

そう言いながらイチカさんは、何やらパンフレットのようなものを取り出した。

「この人なんか、ビール瓶《びん》をラッパ飲みするんだよ。信じられる？」

絶句する。

そんな！　このご時世《じせい》、そんな人いるんですか？　しかも女性？　それはちょっと人として……ん、その小冊子はいったい何ですか？

『旅手帳』というのだそうだ。私は、お初にお目にかかる。

「要は、ツアーのスケジュール表だね」

イチカさんが、ホイと手渡してくれる。

表紙には、本当に『旅手帳』と書いてある。トラベルスケジュールでもなく、旅行手帳でもなく、旅手帳。

古《ふる》っ！と思うが、これも業界用語なのかしらん？

興味津々《しんしん》。「ちょっと参考までに見せてもらっていいですか？」そう言ってペラペラめくる。

「なんか修学旅行のしおりみたいですね」

表紙に演目名とイチカさんの芸名が書いてある。

キャスト、スタッフの名前が列挙《れっきょ》してあって、（喫煙）なんて書いてある人もいる。

男女を問わず、圧倒的に皆さん、『喫煙可』ルーム希望である。

スタッフ欄！

オーッ、どんなスタッフがいるんだろう？

まず、舞台監督。具体的には何をする人なのかわからない。ツアーにもついていくんだね。芝居がはじまっても要る人なの？ 大事な人なの？ 全然わからない。

演出部が四人！ いったい、何をなさる人たちなの？って感じ。四人もくっつくの？

ウチは、ロビンさん一人だよ、本当に大丈夫？

照明四人、音響三人、衣装、かつら……

えーっ、そんなに！ お芝居一本やるのに、スタッフいったい何人必要なの？

ポロ、わかってるのかなぁ？ まさかわかってるよねぇ？ いや、あのポロのことだからあやしいわ。

でも、イチカさんやタックさんなら、お金のこともわかってるよね。人件費、日当、全員分だといくらかかるの？

私たちはようやくキャストをそろえたばかりだというのに、スタッフどうしよう？

お金がないので、スタッフは必要最小限にするしかないだろうなぁ。

頭の中をいろんなことがかけめぐって私、熱出しそう。

「このカンパニーって、混成チームでしょ？　私たちは、歌劇団出身だし、この人たちは○○座さん、この人たちは元アイドルで……いろいろなところから集まってきてるから、しきたりが違うのね。毎日、旅先の新しい劇場で公演だから、朝、音声チェックとか照明の場当たりとか、毎日やらなきゃならないのね」

イチカさんがこぼす。

「私たちのように、歌劇団出身者は、場当たりチェックのときは、必ず上履きを履くのよ。だって釘《くぎ》でも落ちててごらんなさい、怪我するでしょ？　そういうふうに教育受けてきたのよ。ところが○○座さんはね、舞台は神聖なところだから裸足《はだし》になって上がりなさいなんて命令するのよ」

「一人ひとりプロなんだから、それぞれのやり方でいいじゃないですか」

「そう思うでしょ。ところが自分たちのやり方を強要するんだな、これが」

ロビンさんならそうはならない。メンバー一人ひとりの意見やアイディアを尊重してくれるはず……ポロがそう言っていた。

私もそう思う。そう願っている。そうに決まっている。

ポロ、ロビンさん、タックさん、イチカさん、ヒメさん、ミユキちゃん、ようやくメンバーが決まった。

でも、まったくゼロからのスタート。劇場も決まっていなければ、スタッフだって私以外誰もいない。こまごまとしたことは、元のファンクラブの人たちで分担するにせよ、素人ではできない専門的なこと……たとえば『照明』は絶対、プロに依頼するしかない。音響さんはポロの幼なじみがプロになっているから、その方に頼むとして、問題は、

「やっぱ、舞台監督はいないとね」

ポロが言う。絶対、必要なんだそうだ。

イチカさんの『旅手帳』に書いてあったが、私には何をするのかよくわからなかったスタッフさん。

ポロに聞いても、絶対必要と言うだけで、さっぱり要領《ようりょう》を得《え》ないので、ググってみた。

［演出家の意図を具現化するスタッフの調整・指揮・進行・管理の責任者である」とあ

る。

うーん、わかったような、わからないような、どっちやねんって仕事やね。ともかく、これは私たちじゃ無理だっていうことだけはわかる。

「心当たりある？　舞台監督。交通費とか宿泊費とか、かかっちゃうから、やっぱ、東京在住の人がいいよね」

ポロに相談する。

「じゃあ、昔の知り合いにだれか紹介してくれるよう頼んでみる」

歌劇団時代の知り合いに片《かた》っ端《ぱし》から電話したみたい。

ようやく劇場の支配人を紹介してもらうことになった。定年間近の男性らしい。

ポロと一緒にまた、東京へ向かう。

指定されたのは、彼が勤める大きな劇場の楽屋口ロビー。

挨拶もそこそこに、舞台監督と照明の方を紹介してほしいと頼む。

「ギャラ、いくらくらい出せるの？」

いきなりお金の話？　目が点になる。

「立ち上げたばかりであまりお金がないんですよ」

ポロが正直に答えると、ふーむと渋い顔をされる。

「会場《コヤ》、もう決まってるの？」

「いえ、ようやく出演者のスケジュール押さえたので、今、劇場については手あたり次第電話かけまくってるんですが……」

露骨《ろこつ》にあきれ顔をされる。

「そんなコヤも決まってないのに、スタッフ発注できないですよ」

「では、どこか良い劇場もご紹介いただけないでしょうか」

「その前に、どれくらい持ち出しにするの？　皆さんの同窓会みたいなものになるのかな？」

「いえいえ、興行《こうぎょう》なので、赤字にする気はないんですけど」

真《ま》っ赤《か》になってポロが抗弁《こうべん》するも、軽くスルーされる。

「コヤが決まってから、誰に発注するか決めましょう。何にも決まっていないと、こちらも動けないしね。……コヤはね、私は公共の劇場をおすすめしますよ。まず、区に登録をして、抽選に申し込んで……」

「抽選は困ります。もし、落選したら公演できなくなっちゃうじゃないですか」

「資金のないところはさ、みんな、そうやってんじゃないの？　手分けしてさ、何回も落ちては、またがんばるんじゃないの？　そのくらいの覚悟がないとねぇ、とてもじゃないけど……」

話にならない。もう完全になめられている。私たちの公演は、興行として成立するはずがないと思われている。

おばちゃんたちさ、昔、ちょっと舞台かじってたみたいだけど、演者《えんじゃ》だったんでしょ？舞台づくりは素人でしょ？　東京で興行うつってのは、大変なのよ。並たいていのことじゃないのよ。悪いこと言わないから仲間うちでやれる範囲でおやんなさいと、この男、心の中でそんな風に思っているに違いなかった。

こんなにバカにされるとは思わなかった。

ほうほうの体《てい》で退散すると、悔しくて涙がこぼれそうになった。

でもポロは、

「すっごくいい舞台つくって、お客さんでいっぱいにして、あいつ見返してやらないとね」

鼻息荒く宣言するのだった。

ポロは、絶対、しっぽを巻かない。たぶん、ポロにあって私に欠けているのは、この〝闘争心〟なのだろう。

ネットで、［劇場 東京 キャパシティ］で検索をする。

これはと思うところに電話しまくる。

「もう、年度内はいっぱいです」

という返事にあせりまくる。半年以上先まで、埋まっているとは。

劇場を見つけられなかったらアウトだ。

『ライブハウスはダメ。ダンスもちゃんと振り付けるから、シアターじゃないとダメだからね』

ロビンさんに固く言われている。

◇◇◇

ポロと電話をかけまくること、まるまる三日。

条件を微妙に変えつつ検索し、希望よりキャパ大きめだが、たまたまキャンセルが出て、二十三区内、駅近のいい劇場を仮押さえすることができた。

さっそく見学に行くことにする。

直《じか》に目で見ないとこういうのは絶対、決められない。

また東京だ。

このところ週末ごとに夜行バスで東京に行っている。

さすがにちょっと疲れてきた。

でも、夫の手前、そんな顔は見せられない。

「そんな、疲れた顔するんだったらやめれば？」

そう言われるに決まっている。

でも、無理に元気出すのも、それはそれで疲れるなぁって思っている。

ロビンさんと劇場地下のお店で待ち合わせた。

「立地的には最高だね」

うなずきあう。

ロビンさんのお眼鏡《めがね》にかなった感じ。

劇場そのものも、スタッフさんたちも感じがいい。

でも客席キャパシティは、予定していたの倍くらいある。使用料金も高い。

どうしよう。メンバーだけでお客さんいっぱいにできるかなぁ。いや、いっぱいにしなければならないのだ。

「どうしよう。一週間以内に手付金がいるんだって。思っていたよりお金かかる。……仕方ない。私、ちょっと消費者金融行ってくる」

ポロ！　バカ！　なに言ってるの！

「そのくらいのお金、私が出す！」

私が自分のへそくりから、とりあえず立て替えることにした。

そんなお金もなくて、プロデューサーをやろうとするポロに、私はこわくなってくる。

そして、いざとなれば、消費者金融に行こうとする、そのポロの短絡《たんらく》的思考に、私は精神的なダメージを負ってしまう。

ポロならやりかねない。

だから、私がしっかりしなきゃ。

私がしっかりしなきゃ、公演できない。

夜行バスの時間まで、まだ間がある。

バスタ新宿近くのタイレストランで食事をしながら、ロビンさんと作戦会議。

「私たちってずっと脇役として舞台を支える側だったじゃない？　それに演出家の先生や歌劇団の意向で動かされて、自分たちの希望なんてまるで通らなかったじゃない？　まあ、そもそも希望なんて聞かれなかったしね。でもね、もう、そういうのはいいですよ。

これまでさんざんやってきたことだから……。もう、歌劇団、やめちゃったんだから、今度は自分たちが本当にやりたいことや、やりたかったことを思いっきりやろうよ。歌いたい歌を歌って、踊りたいダンスを踊って。それでいてクオリティーの高い舞台、お客様に楽しんでいただける舞台をつくる。そのためだけにやろうよ」

お酒の入ったロビンさんが熱く語られていたが、お母さんのことがやはり心配のようで、早々に帰っていかれた。

私とポロは、お金のこと、スタッフのことを心配しながら夜行バスの出発時刻を待った。

「友達とお金の貸し借りなんてするもんじゃないよ。借金のせいで、古くからの友情が壊れていくのを、俺は何回も見ているよ」

劇場予約金をとりあえず自分の貯金から立て替えておくことを夫に報告すると、案《あん》の定《じょう》、やれやれという顔をした。

「でもね、予約金を払わないと劇場キャンセルされちゃうのよ」

「……仕方ない。ケイコにあげるつもりで俺がポケットマネーから立て替えるよ。それならいいでしょ？」

夫はインターネットバンキングで速攻ポロの口座に必要な金額を振り込んだ。

翌日、ポロは借用書を書いてきた。ちゃんとした正式な借用証書だ。

ところが帰ってきてそれを見た夫は、

「こんな物、わざわざ持って来なくてもいいのに。どうせくれてやるつもりなのにさ」

「えっ、返してもらわなくていいの?」

意地悪な口調に、驚いてしまう。

「別にいいよ。このくらいで縁が切れると思ったら安いものさ」

「どういうこと?」

夫はため息をつきながら続けた。

「女だけで公演するなんて、どうせできっこないよ。そりゃあね、歌劇団時代は、よかったでしょうよ。だって、スタッフさんたちに全部やってもらっていたわけでしょ? それから、ケイコのようなお付きの人たちが、買い物だって送迎だって、こまごましたこと、ぜんぶ面倒見てやってたわけでしょ? そんなお嬢様たちの、なれの果てがさ、興行うっても成功するはずがないよ。たぶん、プロの人たちに足元見られて、だまされて大損するか、公演自体ができないか、そのいずれかだよ。そしたら、どっちみちこのお金は返せないでしょ。それでもう縁切りだ。もうアイツにあなたがふりまわされるのはゴメンなんだ」

私は何も言い返せない。すっごい悔しくて涙がボロボロ出てくるけど、いつもの夫婦ゲンカみたいに、ヒステリックに言い返すことができない。

それにしても、『お嬢様たちのなれの果て』はヒドイ。

でも今のままじゃそう思われても仕方のないことも、私にも実はわかっている。

ポロ、悔しいよ。でも、私たちだけじゃ、たぶん公演やるの無理だよ
メンバーに劇場が決まったことを伝える。

「うわぁー、すごい！　私、あそこで一度やってみたかったんだ！」

シアター事情にくわしいイチカさんが歓声を上げる。

そうか、そんなに立派な劇場を予約しちゃったか。私たちの旗揚げには、分不相応《ぶんふそうおう》だったかもしれない。どうしよう。

してやったりとばかりに、ポロは満足げな顔をしているが、私は不安がつのる一方だ。

◇◇◇

稽古初日。

皆さん、張り切って集合時刻のかなり前に集まってきている。

ポロなんか大阪から、キーボードを背負ってやってきて、

「お前は、キーボード侍《ざむらい》かっ！」

とつっこまれている。

今日は、世田谷《せたがや》区の用賀《ようが》というところの貸しスタジオ。

ポロがネットで見つけて予約を入れていた。

「あー、まだ開いてない。鍵《かぎ》がかかってる！」

ドアを開けようとしたポロがわめいた。

キーボード侍としては、背中の荷物を下ろし、一刻も早く稽古がしたいのだろう。あきらめきれずドアをガチャガチャやっている。

「おかしいですね。時間までに開けておきますって言われたんですけど」

ところが時間になっても管理人は現われず、暑い中、待たされ続ける。

日差しをさえぎるところがないので、みんなで汗をダラダラ流しながら延々と待ち続ける。

「ポロ、本当に予約してあるんでしょうね？　時間とか間違ってない？」

暑さのせいでイライラ度が増す。

「えっ、間違いないはずです」

ポロが念のため、ドアをガチャガチャ開けようとするが、

「やっぱり開いていない」

ポロから管理者の電話番号を聞き、今度は私が電話する。

何度もかけて、ようやく出た相手に、ちょっと強い口調でどうなっているのか問いただすと、

「もう開けてありますよ」

とのこと。

「えー、閉まってるよね。ホラ」

あいかわらずポロはガチャガチャやっている。

「ちょっとどいて」

たまりかねて私がドアノブに手を触れる。あー、初めから私がやればよかった。

ポロは一生懸命押していたが、これは引くタイプのドアである。

「あいかわらずポロポロ失敗するなぁ。押してもダメなら引いてみなって言葉知らんのか？」

みんなあきれている。

でも、ポロはテヘッと舌《した》を出して、悪びれる様子がない。

「では、稽古初日ということで私から一言ご挨拶を」

ロビンさんの言葉に、みんな、ヨッ！と掛け声をして拍手する。

「私ね、この前、大学の講演会で、ファンの人たちにリサーチしたの。OGが作・演出するとしたらどんな舞台がご覧になりたいですか？って。そしたらどんな意見が出たと思う？」

「えー、なんでしょう？」

みんな、首をかしげて思案《しあん》する。

「ケイコさん、そうだったよね？」

ロビンさんが答えを言い、その場にいた私に同意を求める。

お客様がご覧になりたい舞台を提供する……まっとうすぎるくらいまっとうなご意見に、異論などあるはずもなく、そんなこんなでしょっぱなのお稽古は……。

「歌劇団時代の思い出、特につらかった思い出をお芝居仕立てで観たいという意見が多かったのよ」

「下級生の頃、何がつらかったって自主稽古ね。あれ、つらかったわぁ」
皆さん、うなずいている。
「そう言うだろうと思ってさ、自主稽古の台本ちょっとだけ書いてきたんだ。じゃあさ、これ叩き台にしてさ、恐怖の自主稽古という場、つくろうか」
仮の台本をみんなに配ると、すべて目を通す時間も与えず、

ロビン　タック〜、タック〜！　ちょっと来て。

ロビンさんが、すぐ演じはじめる。

タック　ハイ、およびですか、ロビンさん。

心得たもので、タックさんはすぐに対応する。

ロビン　明日、中詰《なかづ》め（ショーの中ごろにある盛り上がる場面）の固めの稽古があるでしょ？　振り付けの先生が午後一時にいらっしゃるから、私

たちはその前に完璧にしてお見せします。わかりました？　ですから私たち以下の期は午前十一時からはじめます。それでね、ここのところこうしてこうしてシュッシュッシュッのところ、そろうように練習しておいて。

タック　……すみません。もう一度お願いいたします。

ロビン　今、見せたでしょ。こうしてこうしてシュッシュッ。角度とタイミングがそろうように、いい？　♪かーくーどーとタ・イ・ミ・ン・グ♪

ロビンさんがその場で思いついたとしか思えない振りを伝授する。タックさんは必死に覚える。

次はタックさんがイチカさんを呼ぶ。

タック　イチカ〜、イチカ〜。

イチカ　（走って登場）はい、お呼びですか？

タック　明日、中詰めの振り付けの稽古あるじゃん？　それでロビンさんたちが十一時から自主稽古だって。でもさ、ちゃんとできてないとロビンさんこわいから。だから私たちの期以下は十時から自主稽古をします。

イチカ　わかりました!

タック　それで振りがね、ここ、こうしてこうしてシャッシャッ。(ロビンさんの振り)

イチカ　えっ、そんな振り付け、ありましたっけ?

タック　あったの! ほらやってみて。

「タック、振り、増やして」とロビンさんから指示が飛ぶ。

タック　それとね、こういうのも練習しておいて。(と言って両手をヒラヒラさせる変な振りを練習させる)

「じゃあ、よろしくぅ」と言ってタックさん退場する。

イチカ　タックさんたちが十時ということは、私たちは九時か、う〜、早いななぁ。ポロ〜、ポロ〜いる？

いよいよポロだ。楽しみ〜。

ポロ　はい。
イチカ　明日中詰めの振り固めがあるじゃん？　それで振りが。（やってみせる）
ポロ　すみません。もう一度お願いします。
イチカ　（またやってみせる。ポロの覚えの悪さにちょっとウンザリ）それとこれ。にこやかにってやってね。こういうの得意でしょ。
ポロ　（スマイルスマイル）
イチカ　それからこれも。（イチカさんがその場で考えた難しい振り付け）
ポロ　えっ、そんな難しいの、ありましたっけ？
イチカ　あったよ！　ちょっと最初からやってみて！
ポロ　え〜とまず、こうしてこうしてシャッシャッシャ。えっと次は……あ

っ、にこやかに、にこやかに。（お手手、ヒラヒラ〜）
イチカ　……最後は？
ポロ　まだありましたっけ？
イチカ　これ！　これ！（やってみせる）
ポロ　あっ、すみません。
イチカ　じゃ、明日九時ね。
ポロ　ありがとうございました。（イチカさんが退場するまで頭を下げたまま）
ミユキ　（顔を上げると鬼の形相《ぎようそう》で）ミユキ！　ミユキ！　ミユキ！
ポロ　は〜い。（ようやく出てくる）
ミユキ　遅い！　来るのが遅い！　もう忘れちゃう……明日、中詰めの固めがあるから、その前に自主稽古をイチカさん以下で九時からやるので、私たちは朝、八時から、八時からやります。
ミユキ　八時から？　振り固めは、午後一時からでしたよね？
ポロ　八時から！
ミユキ　はい、わかりました。

ポロ　えっと振りが、こうしてこうしてシャッシャッシャッシャッというのと……。
ミユキ　はい？
ポロ　一回で覚えて！　それからニコヤカに、それからこれと……私のは……。
ミユキ　私の？
ポロ　チャンチャンチャチャチャチャチャチャ、チン！（ものすごい変な振り）
ミユキ　わかった？　回しといて。
ポロ　わかりました。えっと八時で。
ミユキ　八時から！　何回言わせるの！
ポロ　すみませんでした。ありがとうございました。（最敬礼。ポロ退場）
ミユキ　えっとポロさん以下が八時ということは、私たちは、えっ、朝の七時？（と言いながら振りの確認）

「こうして下級生になればなるほど稽古の時間は早まっていくのだった」

絶妙のタイミングでロビンさんがナレーションを入れる。

「ヒメちゃん出て！」ロビンさんが指示を出す。

ヒメ　ミユキ、ちょっと。

ミユキ　あっ、ヒメさん何か御用ですか？

ヒメ　中詰めの影コーラス［舞台に出ないで舞台袖でコーラスをすること］のメンバーだよね？　明日、中詰めのダンスの稽古の前に、下級生は音取りしといてって回しといて。

ミユキ　音取りですか？　ダンスの自主稽古の前に？　わかりました。（よろしくね〜とヒメ退場する）ありがとうございました。えっと中詰めの稽古は午後一時からなのに、ポロさんの期は朝八時から自主稽古だから、私たちは七時か……でも影コーラスの音取りがあるから……いったい何時になるの？

ロビンさんがアドバイスする。
「最後は、いったい何時になるのぉ！って、キレぎみによろしく」
ミユキさんがすぐにやってみせる。

私はずっと笑いっぱなしだった。即興で演出の意向を組んですぐにお芝居ができるというのは、皆さんさすがである。

小返しをしながら大事なポイントだけ確認していくが、基本、ここはアドリブでいくようだ。

「あまり練習しすぎると、慣れちゃってかえってつまらなくなっちゃうからね。きっかけだけ決めてぶっつけでやろう。振りも毎回同じじゃなくていいし。何が出てくるかわからない緊張感を持って、ここはやろう」

とロビンさん。

「ロビンさん、のっけからあまり難しいのやらないでくださいね」

タックさんが不安そう。

「私なんか全部覚えなきゃいけないんですよ」

ミユキさんも困った顔をしながら楽しそうである。

いいなあ。うらやましいなぁ。

だいたいがこの自主稽古っていう伝統が、私にはうらやましい。

そりゃね、非合理的で単なるシゴキかもしれないよ。

たっぷり寝て、リフレッシュした方が稽古だってうまくいくだろうとは思う。

でもね、その体育会系のノリ。しごかれてもしごかれても歯をくいしばって耐えていくところに何かタフさみたいなものが培《つちか》われていくような気がするんだなぁ。

第一、大変だった、大変だったって言いながら、皆さんなんか楽しそうだし、仲間意識も強そうだよ。

やっぱりうらやましいなぁ。ポロに聞いてみる。

「上からの指令を伝えるのに、決まった人とかいたの？」

「そういう当番がいたから。でなきゃ気心の知れた言いやすい人に言ってたなぁ」

「ポロは誰だったの？」

「そういや、イチカさんによく呼ばれて伝言されてたな」

「あなたは誰に伝えたの？」

「ああ、ミユキちゃんに伝えるのが多かったな。気心知れてるし」

いいなあ、気心が知れてるっていいな。そういう人たちが今回集まったんだね。

そんな仲間と、また一緒に舞台できるんだ。なんか幸せだなあ。

第二場　クライシス（夫婦だけじゃなく）二〇二〇年三月

「あまり深酒しないようにしないと、体に毒よ」

最近、夫の酒量が増えた。

適度なところでやめるということができないみたい。泥酔《でいすい》してそのままテーブルにつっぷして寝てしまうことがたびたびになった。

いくら言っても聞きはしない。気がつくと飲んでいる。今のところ、出勤時刻になると起きだしてちゃんと会社には向かっているのだが、朝、食べられないというし、このままだとアルコール依存症になってしまうのではないかとホント心配である。

ポロと一緒に東京に行っている休日の間が特にあやしい。

ひょっとして私がいないことをいいことに、昼間から一日中飲んでいるのではないか？

毎晩のように酒による失態を繰り返すので、とうとうスマホで動画を撮影した。

翌朝、出勤前の夫に昨晩の醜態を見せる。

「ほら、ゆうべも電気つけっぱなし、すごいいびきで寝てたよ。ベッドで寝てって言っても全然言うことききかないんだから。あなたみたいなおっきい人、ベッドまで私に運べるわけないじゃん」

「なに、くだらないことやってるんだよ。出勤前で忙しいってのに」

「今度、こういうのやったら動画、Facebookにのせるからね」

「そういうふざけた脅《おど》しやめてよ。自分はしょっちゅう家空《あ》けて、遊びまわってるくせしてさ」

「……遊びまわってないし！　大切な仕事だし！　それとこれとは関係ないでしょ！」

「あるよ！　大ありだよ！　この際だから言っておくけど、ケイコさぁ、あの人たちと同等だと思ってるの？　お情けで仲間に入れてもらってるのがわからないわけ？　もっと自分にプライド持ってさ、他人にこきつかわれるの、いいかげんにしなよ！　何が大切な仕事だよ。一銭にもならないのに、何が仕事だよ！」

突然のことに、悔しくて涙が出てくる。朝っぱらからなに泣いてんだ？　私。

ポロは、時々、「最近、ご主人のご機嫌どう？　今度も東京だいじょうぶ？」と聞いてくる。

夫に叱《しか》られたという話をすると、

「あー、申し訳ない。ちょっと私、気がまわらなかったね。でもさ、あんまり、私とばっかりいるから、ご主人嫉妬《しっと》してるんじゃない？」

なんて言うし、本当に能天気《のうてんき》である。

夫は、そんな人じゃないんだよ。受験にやぶれた人間なんてダメなやつで、病気なんて単なるいいわけで、そんなことがなくたって私は受からなかったろうと心の中では思っている。

でも、酒量が増えたのは、本当に私のせいだけ？　いくらかは責任あると思うけど、それは間違いないとは思うけど、本当にそれだけだろうか？　仕事上の悩みを、私が週末家にいないことに転嫁《てんか》して、八つ当たりしているんじゃないのかなという気もする。

怒りが少し収まってきたら、そんな気がしてきた。だいたい自分の弱いところを人のせいにするな！

ともかく当面、飲ませないようにしなきゃ。

「組替《くみが》えしたことある人は？　誰だっけ？」

ロビンさんの問いかけに、イチカさんとミユキさんが手を挙げる。

「どんな気持ちだった？　つらかった？」

「つらいなんてもんじゃないですよ。ねー」

二人でうなずきあう。

「私たち二回、組替えしましたからね。せっかくなじんだのに、また新しいところに行くのか！って思っちゃいますよ」

「そうね。自分も大変だけど、ファンクラブもねぇ」

「挨拶状《あいさつ》とか大変ですしね」

「いろいろ異動の真相とか、噂《うわさ》されるの、嫌だったなぁ」

ポロは組替えの経験がないから、ファンクラブの代表だった私もそんな苦労はしなかった。自分の知らない歌劇団の裏話を聞くのは興味深い。

そうか。歌劇団の都合で異動ってあるんだな。普通の会社と一緒じゃん。彼女たちも駒のように企業の論理にふりまわされた経験があるんだね。

異動って出世が絡《から》んでくるんだよね？　左遷《させん》？　出世？って噂されるのは嫌だろうなあ。

イチカさんとミユキさんの話は果てしがない。この話題でしゃべらせたら止まんないよとばかりに延々《えんえん》と続く。

「ＯＫ。じゃあ、みんなで歌詞、考えよう。あっ、元歌はね、レミゼのワン・デイ・モアがいいと思うんだけど、どう思う？」

ミュージカル、『レ・ミゼラブル』の『ワン・デイ・モア』？　私だって知ってる有名な曲だ。

「ポロ、ちょっと弾《ひ》いてみて」

ロビンさんに言われて、すぐにポロがキーボードで前奏から弾きはじめる。

「出だしは、こんな感じ」

と言ってロビンさんが歌いだす。

「♪あの日　プロデューサーに呼ばれた　嫌な予感がしたの♪　♪この感覚はそう　経験したの　今度も♪ってミユキが歌ったら、次に♪やっと慣れたのに　ようやく慣れたのに～♪ってイチカ歌って」

みんな、ふき出して、いい！　すっごくいい！と歓声を上げる。

「なんか行けそうだね。一応、原案書いてきたから、みんなでブラッシュアップしようか」

ロビンさんがプリントアウトしてきた紙を配る。当然のように私にも配られて、胸がキュンとなる。

でも、「私なんかもいただいていいんですか？」と卑屈《ひくつ》になってはいけない。「そういう遠慮《ぃ》は要らないよ」とロビンさんにきつく言われている。それどころか、

「ケイコさん、申し訳ない。記録、取ってくださいな」

と頼まれ、ハ、ハイ、もちろんですとも！ってなってしまう。

私もこの舞台の一員なんだとあらためて思う。

みんなで歌いながらあーでもない、こーでもないと歌詞を検討する。

詰まると「ケイコさん、どう思う？」と聞いてくれるのがたまらなくうれしい。

「♪皆に挨拶　別れの言葉　ファンに報告　泣きだすファンクラブ代表♪」

という歌詞を聞かれたときに、

「それはちょっとリアルすぎてシャレにならない」と意見を言うことができた。

「ケイコさんが言うならそうだよね」ってことになり、

「♪ファンに報告　ざわつくファンクラブ♪」

に変更になった。

ひょっとして私、役に立ってる？

「タック、ナレーション入れようか。歌劇団には組替えというシステムがある。各組の戦力が偏《かたよ》ったり退団者が多く出た場合に他の組に移籍するよう辞令が下りる。このセリフきっかけに、イチカ、上手《かみて》に出て。ミユキ、下手《しもて》に出て。人は呼ぶ。組替えジプシー」

ミユキ　♪あの日　プロデューサーに呼ばれた　悪い予感がする　今度もまた♪

イチカ　♪やっと慣れたのに　ようやく慣れたのに〜　組替えの知らせ　私を突き落とす♪

ミユキ　♪いつも独りよ♪　イチカ　♪新しい組で♪

ミユキ　♪慣れたら異動♪　イチカ　♪すぐにサヨナラ♪

ミユキ　♪さみしい思い♪　イチカ　♪また初めから♪

二人　♪組替えジプシー♪

ミユキ　♪組替えするか♪　イチカ　♪やめるか行くか♪

ミユキ　♪返事の日まで♪　イチカ　♪やめるか行くか♪

ミユキ　♪新しい組に♪　イチカ　♪二つに一つ♪

ミユキ　♪心を決めて♪　イチカ　♪今その日が来た　明日は♪

ミユキ　♪皆に挨拶　別れの言葉　ファンに報告　ざわつくファンクラブ♪

イチカ　♪挨拶状　千社札《せんじゃふだ》　イチからつくるの大変だ♪

ミユキ　♪トップは誰？♪　　イチカ　♪優しい人？♪

ミユキ　♪組でのポジション考える♪

イチカ　♪新しい組で♪　　ミユキ　♪イチからはじまる♪

イチカ　♪早くなじもう♪　　ミユキ　♪早くなじもう♪

イチカ　♪新しい組で♪　　ミユキ　♪認めてもらう　努力をしよう♪

二人　♪私は　戦おう♪

イチカ　♪これから組替えするたび　仲間も増える　どこでも同じ　舞台はひとつ♪

ミユキ　♪巡り会えたから　新しい仲間　ここでがんばるの♪

イチカ　♪これはチャンスだ　劇団がくれた♪

二人　♪私にはわかる　組替えしたから　一日も早く　なじもう♪

ブラボー！

歌い終わると稽古場中が大拍手！

「これ、名曲ですね！」

ポロが言うと、

「ワン・デイ・モアって元々が名曲だからさ」

ロビンさんが照れる。

「いえいえ、歌詞も含めて素晴らしい。組替えの不運をなげいてばかりいないで、最後は未練を断ち切って新しいところでがんばろうという決意が素晴らしいと思いました」

思わず言ってしまった。出すぎた真似《まね》だった。失敗した！と思ったがみんな、うなずいてくれている。

「ねえ、これどうしてもお客さんに、歌詞見せたいよね」

ヒメさんが言いだした。

「パンフレットに歌詞をのせる？」

「パンフレット販売するの？じゃあ、買わない人はダメじゃない」

「スクリーンに歌詞を映《うつ》せないかな」

いろいろアイディアが出たが、スクリーンに歌詞を映し出すのが一番いい！となった。

しかし、どうすればいいのか、ぜんぜん見当《けんとう》がつかない。皆さん、ずっと演者《えんじゃ》だったので、こういうところの知識はまるでないのだ。

試しに私が、プレゼンテーションソフトのアニメーション機能を使って作成してみた。

プロジェクターを借りてお稽古場の壁に映してみる。

う〜ん、素人《しろうと》仕事の残念な感じしかしない。

どうしたものか……。

「ねーねー、そういうの何って言ったっけ？　あっ、プロジェクションマッピング。あれじゃないとダメなんじゃないの？」

ポロに言われてググってみる。

プロジェクションマッピングをするには、専用の作成用ソフトが必要だ。私たちにはちょっと無理そう。

プロの照明さんを探して契約しなきゃ。プロジェクションマッピングも相談してみよう。

ポロと一緒にネット検索する。なんだ、東京に業者さん、たくさんいるじゃない。

「初めから人に紹介してもらおうとしないで、自分たちで探せばよかったね」

と言いあう。

いくつか候補をあげて、メールで見積もりを取ってもらう。

予約してある劇場でしょっちゅう仕事しているというのが決め手となって、お願いするところを決めた。

「まあ、あくまでも見積もりですからね。中身によって、新しい機材が必要になったり人員を増やす必要が生じたりした場合は、別途料金が加算されますよ」

とのことである。まあ、当然と言えば当然のことでしょう。しかし、後で急に請求しないで事前に確認を取ってほしいとお願いしておく。

試しにプロジェクションマッピングについて聞いてみると、

「プロジェクションマッピング？　そんなの管轄外《かんかつがい》だよ。うちじゃやってないし。それにね、劇場って使える電気の容量が決まっているんだよ。そんなもんやったら容量オーバーでブレーカー落ちちゃうよ。そしたら停電だよ？　舞台見えなくなっちゃうよ？」

と脅された。

こちらがぜひお願いしたいと言って、契約が終わったら、急に口調がぞんざいになってきたぞ。ちょっとムカつく。

ロビンさんにプロジェクションマッピング使えない旨《むね》伝えると、

「私たちのやる劇場は、ちゃんとした劇場じゃないの？　今どき電気の容量が足りなくてプロジェクションマッピングできないなんて、そんなバカなことってある？」

「でも、劇場でほぼ専属のようにやっておられる照明さんなので、その方がそうおっしゃるのなら間違いないと思うのですが……」

「そうかなぁ。私たちが何も知らないと思って適当なこと言ってない？　まあさ、どちらにしてもプロジェクションマッピングできないんだからさ、あきらめて別の方法考えよ！」

ロビンさんはそう言ってあきらめてしまったが、ポロはしつこかった。

数日後、ポロったら、近くの大学に、プロジェクションマッピングの専門家の教授がいるとの情報を得て、紹介もなしにアポを取ったのだ。

ワタナベ教授。ググると『専門：プロジェクションマッピング』って出てくるぞ。そんなえらい人に、あなた紹介もなしで会いにいくっていったい？

ワタナベ先生は、ニコニコしながら私たちを迎えてくれた。動きやすい服装で若々しいお姿である。私たちが大学教授に抱いているお堅いイメージは全然ない。

「呆《あき》れるかもしれませんが、私たち、お金がないので、学生さんの勉強の機会提供ということで、無料でやっていただけませんか？」

挨拶もそこそこに、ポロはそんな厚かましいお願いを切り出した。

ポロさん、あなたそんな図々《ずうずう》しいことよく言えるねと呆れてしまう。

ワタナベ先生も苦笑いするしかない。

「先生の交通費だけは、なんとかお支払いしますから」

「公演場所は東京ですよね？　実は私、普段は東京キャンパスに勤めているんですよ。関西には会議で来るだけなので、今日お会いできたのはラッキーでした」

「そうなんですね！　ついてたわ！　ワタナベ先生よろしくお願いいたします」

二人そろって頭を下げる。

「まあ、あの劇場で学生たちが学ぶことができれば幸《さいわ》いです。費用はこちらの経費でなんとかします。おっしゃるように、学生の研究発表の場と位置付ければなんとかなるでしょう。こちらこそよろしくお願いいたします」

えっ、ほんとうに無料でいいの？　ぜんぜんお金かからないってこと？　そんな幸運ってあるんだ。ポロ、あなた、あいかわらず強運だねぇ。

「えっと、歌詞が曲に合わせて、上手スクリーンと下手スクリーンに分かれて出てくるってことってできますか？」

「ええ、できますよ」

ワタナベ教授はこともなげにおっしゃる。

「『泣き崩れる』みたいな歌詞があるんですが、文字通りに文字がアニメーションみたいに崩れ落ちることってできますか？」

「学生でも簡単にできると思います。文字が踊ったり急に大きくなったり小さくなったりご要望通り、いかようにもできると思いますよ」

「……舞台奥に開閉する扉《とびら》ってできます？　扉が開いて新しい世界に踏み出すみたいな演出があるんですけど」

「イメージを言っていただければ」

ポロが手帳を取り出し、すぐにイラストを描く。

「王宮の扉みたいなやつですよ。これが開いて、私が向こう側に消えるという」

「はあ、大丈夫だと思います。お安い御用です」

恥ずかしいことに私たちはワタナベ先生の前で手を取りあい、小躍《こおど》りしてしまった。

あっ、一番大切なこと言うの忘れてた！

「あの、照明の方に、劇場の電気の容量が足りなくてプロジェクションマッピングやるとブレーカーが落ちちゃうって聞いたんですけど、なんとかなりませんか？」

ワタナベ先生はキョトンとしている。

「このクラスの劇場のプロジェクションマッピングの電気使用量って蛍光灯一本分くらいのもんですよ。だからブレーカー、落ちっこないと思いますよ。もし、最悪落ちちゃいそうでしたら、発電機持っていきますから、ご心配なく」

フツフツと怒りが湧《わ》いてくる。照明会社のヤロー、なんでそんな適当なこと言いやがった。ロビンさんの言った通りだった。シロートの女なんて簡単にだませると思ったか？それともプロジェクションマッピングについて敵対心持ってる？

いずれにしてもだまされなくてよかった。

ポロってやっぱりすごいな。よくワタナベ先生、見つけてきたよ。

状況を打開するには、ポロみたいなハチャメチャな突進力ってやっぱり必要なんだな。

◇◇◇

私たちが公演予定の劇場は、一等地にあり人気も高い。

「この劇場をさばくには、それなりの力量がある舞台監督がぜったい必要！」

とロビンさんに言われ、ポロとネットで探す。

ギャラの相場を調べ、条件に合う人を何件かリストアップしてメールで問い合わせる。できるだけお返事が丁寧な人を選び、東京で面接することにする。

ついでに、劇場の使い方の参考に、ちょうどやっている演目を観にいくことにする。

「いろいろ運営の参考になると思うよ」

ロビンさんとポロと私の三人でまず視察。

受付は何名でこなしているか。客席案内係はいるか。フライヤー（チラシ）はどの程度のクオリティーなのか……調べることはたくさんある。

チケットをもぎるのは、どうも劇団関係者のようだ。制服を着た劇場専属の客席案内係はいない。どうする？　私、一人じゃ無理だな。他の演者の元ファンクラブの人たちに応援頼むしかないな。

チケット！　今気が付いた！　チケットもぎる心配する前にチケットつくんなきゃじゃん！　そうだ印刷屋さん見つけて、チケット印刷。ポスターもつくんなきゃじゃん！　チケットなんかナンバリングだって自分でハンコ押さなきゃだよねー。やることいっぱいじゃん。

「そんなの自分たちでつくったことない」

ロビンさんもポロも口をそろえる。

そりゃそうです。歌劇団時代は、呼ばれてスタジオ行って、用意してもらった衣装を着て、メイクさんにメイクやってもらって、カメラマンさんの言う通りポーズしてればよかったんだから。チケット、ポスター、フライヤーなどをつくるのにいくらかかるのかもよくわからない。

なんだって今回が初めてなんだ。なんでもかんでも全部初めてで、全部自分たちでやらなきゃならないんだよ。しかも、予算とにらめっこしながら、どうすればよいものが安くできるか検討することも大切なことだ。

三人でチケットを買って上演されている舞台を観たのだが、ロビンさんもポロも、

「公演自体で参考になるところはあまりないね」

口をそろえる。

やはり、これまで経験のないスタッフ仕事に重点を置かなければならない。

ロビンさんとポロが協議し、目黒の格安写真スタジオを借り、ポスター撮りのため全員が集合できる日を決めることになった。

私は、別にいなくてもいいだろうと思っていたら、

「全員が被写体になっちゃうと全体を見てくれる人がいなくなっちゃうから、悪いんだけどポスター撮りにもケイコさん付き合って」

ロビンさんに言われる。高速バス代払って、そこにいる価値なんて私にあるのだろうか？

二週間後、またポロと東京へ。

全員白のシャツとジーンズに着替え、各々《おのおの》が自分でメイク。

せっまいメイクルーム。格安なだけあるなぁ。

イチカさんは慣れているようだが、他のメンバーはこんな狭《せま》い場所でメイクするのは初めてらしい。

「キャー、狭～い！」

楽しそうにキャッキャキャッキャ言いながらも素早くメイクを終えた。

『強い風に吹きさらされている』イメージで……とロビンさんがおっしゃり、なぜ、強風？という問いにも、なんとなくと答えたロビンさんだが、さすがはロビンさんである。

後年、ああ、だから風だったんだ！……とみんな納得し、ロビンさんの先見《せんけん》の明《めい》に驚嘆《きょうたん》することになるのだが、このときは、当のロビンさんもその理由がわからず、ひたすら首に巻いた色違いのマフラーが風になびいている様子を再現する。

なんだこれ？　中に針金が入っていて、風になびいている様子が再現しやすい。

「ヒーローマフラーって言って、パーティーグッズとして売ってるんだよ。七色あるからケイコさんもどうぞ」

へー、こんなの売ってるんだ。渡されたピンクのヒーローマフラーを私もつけて、みんなのつけ具合をチェックする。

現役時代は、それぞれお付きの人にやってもらっていただろうけど、今は私一人で六人チェックしなければならないから、けっこう大変だ。

「ポロ！　笑顔かたいよ。もっとスマイルスマイル！」

「ミユキさん、ロビンさんとマフラーかぶってますよ。ちょっと心持ちこちら側に」

なんて指示を私が出している。あとで写真が使えなかったら大変なことになるから私もけっこう必死だ。

しまいにはカメラマンも、

「前列三人と後列三人、誰にするか決めちゃってください」

「ポーズ、アドバイスしちゃってください」

と私に頼るようになってきた。

ポスター、フライヤーとも後々まで残るし、皆さんこだわりがあるから気が抜けない。

終わるころにはヘトヘトになってしまった。見てるだけってわけにはいかなかった。

でも、心地よい疲れだったみたいで、帰りの夜行バスではポロよりも早く熟睡してしまった。

◇◇◇

ポロが入院した。

稽古も佳境《かきょう》に入っているというのに。

「あの、母が盲腸《もうちょう》で手術することになりました」

早朝、ポロのお嬢さんから電話が来た。

「わかりました。すぐ向かいます」

車で急いで向かう。

夜間出入り口から入り、人気《ひとけ》のないロビーで不安そうな女の子を見つけた。

スウェット上下に、ピンクのカーディガンをはおっている。よほどあわてたのだろう。

素足にサンダル履きだ。

「サキちゃん？」

声をかける。

「あっ、初めまして娘のサキです」

ホントは、初めましてじゃないんだけど、まぁ、いいか、実際、初めましてみたいなものだから。

時折、看護師さんたちが通るが、まだ受付窓口が開いていないロビーは静かだ。

「大変だったね。ポロ、大丈夫なの？」

サキちゃんは堰《せき》を切ったように、ポロが昨夜、胃の調子が悪いと話し早く休んだこと。夜中に倒れこむように自分の部屋に来て、助けてとうめいたこと。救急車を呼ぼうとしたら、近所迷惑だからそれだけはやめてと言われ、タクシーで行くことにしたことなどを猛烈な早口で話した。

「サイレン鳴らさないで来てくださいと言えば、静かに来てくれたのに」

ようやく言葉をはさむ。大人《おとな》になってからの急性虫垂炎《ちゅうすいえん》は、死ぬほど苦しいらしい。

「実際母は、病院にかつぎこまれたときに、殺してください、お願いです。殺してくださいってうわ言を、何度もお医者さんに言っていました」

それでも虫垂炎だってわかっただけで、ずいぶん気が楽になったという。

初めは、原因もわからず、胃が痛くてさかんに嘔吐《おうと》して、夜は自分と同じものを食べたから食中毒ではないと思うが……とただ、おろおろするだけだったという。

タクシーを飛ばして夜間診療をしてもらっても原因がわからない。母親の既往症《きおうしょう》を聞かれても知らないから答えられない。医師が処方した痛み止めも効《き》かず、いろいろ検査しても当直の内科医では原因がわからなかったらしい。

交代の外科医が来て、ようやく急性虫垂炎だとわかったとのこと。

「ケイコおばさん、盲腸ってもっとずっと下の方じゃないんですか？　私もまだ盲腸ってあるし、全然わかりませんでした」

ポロの娘、サキちゃんには、これまで二回しか会ったことがない。

彼女が生まれたときお祝いに行ったのが初めて。でも、彼女が生まれて生後何か月というときだったから、お互い会ったうちに入らないだろう。それから次は、彼女が確か三歳のとき。ポロの夫、彼女のお父さんのお葬式のときだった。

オカッパ頭。小さくて細かったなあ。かわいそうに顔が青ざめていた。幼すぎて私のことなんか覚えていないだろうに、健気《けなげ》で頭の良い子だ。中学三年生ってもうすぐ受験じゃないか。

ポロのやつ、ひどいね。受験生の娘を一人、留守番させてしょっちゅう東京に遠征していたのか。それでいて、今度は虫垂炎ですか。ホント、子どもに心配かけたらあかんよ。

手術が終わって、サキちゃんと私が別室に呼ばれた。

ステンレスのトレイみたいな容器の中にグロテスクな肉の塊《かたまり》がある。生レバーのおっきい版。こんなにおっきいとは思わなかった。

「取りのぞきました。お持ち帰りになりますか？」

首を横に振りながら聞き返す。

「逆にお持ち帰りになられる方っていらっしゃるんですか？」

「けっこういらっしゃいますよ」

「えっ！　何するんですか？」

「さあ、記念にでもなさるんじゃないんですか？　……じゃあ、こちらで処分しておきますね」

よろしくお願いしますと頭を下げながら、この内臓の塊が冷凍庫に入っていることを想像して吐き気をもよおす。

サキちゃんは、

「じゃあ、記念に」

と言って、母親の破棄《はき》される臓器の一部を「やだぁ〜。グロ〜い！」と言いながらスマホで撮影していた。

そういうわけで、直近の東京稽古には、ポロと私の大阪組は参加できない旨、グループ通話で伝えた。

ロビンさんは、

「了解しました。東京組でできることやっておきます。急性の虫垂炎。あれ苦しいみたいね」

お大事に、お大事にという声が続く。

「こわ～い。私も公演中になったらどうしよう」

「そういえば、うちのトップが盲腸になったときあったよね」

「あったあった」

「あれ、かわいそうだった」

「薬で散らして千秋楽《せんしゅうらく》までがんばった」

「あれ見て私、こわくなって盲腸手術した」

イチカさんである。

「なに？　痛くなったの？　虫垂炎になったの？」

「違う。何もなってないけど先に手術しといた方が安心だと思って」

しばらくみんな、絶句する。痛くなってないのに先回りして手術するってどうよ？　舞台のためとはいえ、ストイックすぎるでしょ。

ようやくロビンさんが、

「さすがイチカだね。ともかくみんな体に気を付けて乗り切ろう。みんな、年なんだからね」

と全員に呼びかける。

「私も、ずっと腰痛で……」

「膝《ひざ》が……」

「不眠症で耳鳴りがするのよ、ずっと……」

みんな、急に不安になったみたい。

年を取るっていうのは、そういうことなのか？　現役時代、〝妖精〟とうたわれた彼女たちもしょせん普通の人間、寄る年波《としなみ》には勝てないということか。

「私、今まで黙ってたけど、実は補聴器してるんだ」

ヒメさんが、のんびりとした声を出した。

みんな、目が点になった……はず。

「ヒメさん、どうして？　耳、聞こえないの？」

「うん、なんか、現役時代からずっと舞台で大きい音、聴いてたからじゃない？って思うのよねぇ」

「えっ、この前、会ったときって、補聴器ってしてたんですか？」

「この前って目黒のとき？　あのときは、食事してたじゃない？　咀嚼音《そしやくおん》がうるさいから補聴器しなかったんだ。それにみんなの声おっきいから、無くても聞こえるしね。でも、普段はしてるんだ」

「えっ、それって、補聴器してるって、人にわかっちゃうの？」

「う〜ん、そんなに大きくはないからねぇ。音楽聴くためのイヤホンにしか見えないと思うよ。次の稽古のとき、見せるよ」

「うわー、興味あるぅ。私も最近、耳が遠くなってきたから、ぜひ見せてください」

「いいよー。最近のはね、性能いいんだ」

力が抜けていく。皆さん、ワイワイ話が弾《はず》んでいるが、私は脱力感がハンパない。あのヒメさんが補聴器なんて。奇跡の美貌とうたわれたヒメさんが補聴器……。

でも、ヒメさんの衝撃発言のおかげで、みんな元気が出たような気がする。

やっぱりヒメさん、貴重なムードメーカーだよなぁ。

結局、ポロは一週間だけ休んで、またお稽古に復帰した。

「やあ、皆様ご心配をおかけして申し訳ありません。もうすっかりよくなりましたので、やって参りました」

「あんた、ホント大丈夫なの？」

一応、皆さん心配そうにお声かけくださっているが、なんかニヤニヤしている。

「まあ、ポロも人間だってことがわかったよ。私は、ポロって前に進むことだけプログラミングされたロボットかって疑ってたもん」

ロビンさんが大声で同意を求めると、みんな安心したように大笑いした。

「ひどいなぁ。こんなかよわい、おしとやかな女性なのに」

ポロもまんざらではなさそうにこたえる。

今日は、タックさんが経営する、バレエスタジオが本日のお稽古場。

スタジオを貸してもらうかわりに、そのスタジオでメンバーが特別イベントの講師をやることになった。

題して『なりきり男役・娘役』。

ロビンさんのご指導は抱腹絶倒《ほうふくぜっとう》である。

「皆さん、なりきって。なりきってください。男役はお客さんを、目で妊娠させるつもりで」

タックさんの生徒さんたちがふき出している。

「こういうのは恥ずかしがっちゃダメなのよ。その気になってやんなきゃ。こうやって流し目でずうっと客席舐《な》めまわしてチケット代、一万三千円、お支払いいただきましてありがとうございますという気持ちでやるのよ」

バレエスタジオは、温かな笑い声に包まれていた。

「舞台の立ち位置を示す番号がついてるんですよ。0番《ぜろばん》がセンター。0番に立てることなんか滅多《めった》にない。私なんか退団するときしか立てなかったよ。今度の舞台では、タック先生はもちろん、皆さん、ごひいきのメンバー全員がセンター0番に立って、たっぷり見せ場ありますから、絶対、観にきてくださいね」

しっかり宣伝もするロビンさん。

「先行予約のお知らせほしい方は、こちらにメールアドレス書いてくださいね。どうぞ、よろしくお願いいたします」

もうわたしもロビンさんの手法に慣れていて、すでにメールアドレス記入用紙を用意していた。こちらのメールアドレスを示して、「案内のほしい人は、ここにメールください」なんてやってもほとんど来ない。そんな『殿様商法』が通用するはずもない。名簿は貴重だ。こちらからアクセスしても何件くらいチケット買ってくれるのだろう？　よく『千三つ』と言われるが、本当のところどうなんだろう？

あー、空席が目立つような舞台にはしたくない。

不安で不安でたまらないのだけれども。

舞台監督候補と面接をする。

コウジ君。

ひょろっと細長いといった印象。

人当たりのよい二十代後半の好青年である。

フリーでの経験も豊富で、ちょっと安心する。

「照明さんは、こちらの会社にお願いしてるんですけど……」

と言うと微妙な顔をされた。

「ご存じですか？」

「ええ、何度か現場ご一緒したことあります」

また、苦笑いである。

「なに？　照明さん、ちょっと癖《くせ》のある人なの？」

ロビンさんが聞くと、

「ええ、よく言えば職人気質《かたぎ》なんですけど、悪く言うと……」

「マウント取りたがるんだ！」

ポロが叫《さけ》ぶ。

「まあ、ご機嫌なだめながらがんばりますよ」

コウジ舞台監督が応えてミーティング終了。

フリーだと仕事選んでいる余裕がないんだろう。苦手な相手とも付き合わなきゃならない。あー、大変だなぁ。

でも、これで必要最小限のスタッフはそろえることができた。

がんばるしかない。

◇◇◇

「あなた、ほんとうにおかしいよ。お酒やめられないんだったら別れるしかないね。アルコール依存症の夫持って苦労したくないもん」

「離婚するってか？　なにバカなこと言ってんだよ。専業主婦のくせにどうやって食っていくつもりだ」

「そんなのなんとでもなる。ポロだって子育てしながらずっと一人でやってきたんだし

……」

「また、あいつか！　あいつの名前を聞くと本当、頭に来るよ。あいつさえいなかったら我が家はこんなことにならなかったのに」

「……そんなの関係ないよ。私、どっちにしてもあなたとは、典型的な熟年離婚していたと思う」

「よくそんなこと言えるな。これまでただ家にいて主婦だったお前を、誰が食わせてきたと思ってるんだ」

「それそれ。そういう考え方が嫌なんだよ。もううんざり。私の人生、私のものなんだからね。やりたいことやらせてもらう。自分一人くらい、何やったって生きていけるからね。長い間お世話になりました」

私たち夫婦は、そろそろ限界が見えていた。

でも、家を出ていくのは私ではなく、夫の方だった。

異動で勤務地が東京になるのだった。

初めは、私も一緒にと思っていたみたい。

でも、ローンがまだ残っている家をどうするかということや、これまでと全然違う部署に行くことになり、悩んでいたようだ。

道理で「今まで培《つちか》った俺のスキルをどうしてくれる？」とか「なんで俺なんだ？」な

んてぶつぶつ飲みながら管巻《くだま》いていたよ。

酒量が増えた理由ってそれかよ！

もう女々《めめ》しいなぁ。イチカさんだって、ミユキさんだって歌劇団の都合でポンと組替えになった。だけど、二人ともいつまでもくよくよしていないで、気持ちを切り替えて新しい組で新しいポジションをつくり活躍した。二人に比べたらあなたホント女々しいよ。

「ちょうど良かったって思ってんだろう？」

夫が睨《にら》む。

ひどい人相《にんそう》。

そう、ちょうどよかったよ。住むところはあるし、自分の食い扶持《ぶち》ぐらい自分で稼《かせ》げばいい。もうあなたには頼らない。

「安心していいよ。あなたが戻ってきたら今度は私が出ていくから。どうせ、東京で飲みすぎるだろうから、廃人《はいじん》になっちゃって、戻ってこられないかもしれないけどね」

静かにそう言ってやると、夫は実に悔しそうにまた私を睨んだ。

ロビンさんは、観客参加型のショーにしたいね、上演中にも舞台上で写真撮影タイムを設けたいねなどとおっしゃっている。

「観客参加型っていうのは、掛け声の練習とかダンスの練習とか事前にやっておいてカーテンコールに出演者と一緒に踊るとかいうやつですか？　いやぁ、私のお客様たちはだいぶご高齢の方々が多くて、ダンスはたぶん無理だと」

渋い顔をするイチカさんに、

「みんなで三方礼《さんぽうれい》をするのはどうだろう？　開演前にイチカとタックが出てさ、二人で三方礼の仕方をお客様にレクチャーして、カーテンコールを一緒に踊るっていうのはどうだろう？」

ロビンさんが提案する。

三方礼とは、歌劇団のショーの最後に上手、下手、センターの三方向のお客様へ心をこめてお礼の挨拶をするというものである。

「いやぁ、三方礼はお客様に我々が感謝の意を伝えるもので、お客様がするものでは……」

またまたイチカさんは渋い顔である。

「ケイコさん、どう思います？」

そういうとき、ロビンさんは必ず私に振る。

私はファンの気持ちを代弁する役目なのだ。

「私はいい考えだと思います。前から正式な三方礼のやり方、知りたかったんです。直伝《じきでん》で三方礼、教われるなんてホント夢みたいです。それも皆さんと一緒にできるなんてうれしすぎます」

夢見心地でそれだけ言うと、話の流れは一気に賛成に傾いた。

「どうせやるなら、お客様全員にシャンシャン持っていただきたいな。三方礼にシャンシャンって付きものでしょ」

ロビンさんがとんでもないことをおっしゃった。

「ロビンさん、そんなお金ないですよ」

ポロがあわてると、

「原口《はらぐち》くんって覚えてる？　ほら、大道具だった元ヤンキーの。今は、えらくなって管理職やってるけどさ、原口君ならお金あんまりかけずに見栄《みば》えのいいのを簡単につくる方法を教えてくれると思うんだよね」

ポロは、ああ、あの原口君ですね。わっかりました。連絡とってみますと言うしかなかった。

スピーカーにしてもらって私も耳をこらす。

「えー、できるだけ金かけずにシャンシャンつくりたいってか。また無茶苦茶言うなぁ」

原口芳樹《よしき》課長は、ちょっと苦笑しつつも、

「まっ、他ならぬポロさんの頼みやからな」

と自分自身を納得させていた。

今でもどちらかと言えば、管理職やってるよりも、自分で手先を使って物づくりをする方がずっと楽しいらしい。

数日後、原口さんから完成見本と製作工程の動画、百均で買える材料の情報などが届いた。

シャンシャンというと、歌劇団の出演者が持つ大ぶりの華やかなものを想像していた。ショーのフィナーレの時に、手に持つ小道具で、盾《たて》のような形状をしていて、二メートルほどの長さのリボンがついている。

でも、原口さんが教えてくれたのは、かわいい小ぶりのブーケタイプだった。

紙でつくられたピンクの小さな花と白の添え花。ピンクと白を十五本セットにして、針金で根元を縛《しば》る。百均の発泡スチロールのカップに入れ、根元にピンクのリボンをつける。リボンの長さは本体の大きさに合わせて一メートル強といったところかな。本体だけだと二十センチくらいのものだ。

原口さんの動画を見ながら試作品をつくってみる。

ん！　我ながらよくできた。かわいい！　ピンクのブーケだね。リボンさえついてなきゃそのまんまブーケだ。

これを客席中が振ったら壮観だろうなぁ。桜の森が風になびくみたいに見えるかな。あー、楽しみだなぁ。でも、

「劇場のキャパは約二五〇。二日間四回公演する予定。チケット、ソールドアウトしたら一〇〇〇個！」

とても一人ではつくれない。

ポロに相談して、ロビンさん、ヒメさん、イチカさん、タックさん、ミユキちゃんの元お付きの方たちに協力を仰《あお》ぐことにした。ファンクラブ自体は皆さん解散されているが、代表の方たちからお声かけいただければ、協力してくださる方もいるかもしれない。

できれば東京の方にお手伝い願いたい。一〇〇〇個も大阪でつくったら、運ぶのが大変だ。

でも、置き場所が東京にはなぁ。頭を悩ませながらも、懐《なつ》かしいファンクラブ同士の連絡網でやりとりをしていた。

たいていはメールやＬＩＮＥのやりとりをしているのに、珍しく固定電話が鳴った。ど

うセールスだろうと思って出ると、

「あの、ワタシ、トモミンやけど、リラのところの代表やってた」

ダミ声を聞いて一瞬のうちに思い出した。

リラさんのお付き。あの白髪頭《しらが》の頑固《がんこ》なトモミン。『唯我独尊《ゆいがどくそん》』っていうの？　自分だけが正しくて、他は全部間違っていると言い切ってしまうあのイタイ人だ。

リラさんっていう方は、ロビンさんやヒメさんよりずっと上級生。以前、ロビンさんがリラさんの前で直立不動でなにか謝罪しているところを見たことがある。それくらい上でこわい上級生の元お付き。

うわー、この人苦手だったんだ、私。

「なんか人伝《ひとづ》てに聞いたんやけどな。あんたんとこのポロちゃんが音頭《おんど》とって、ロビンとかタックとか集まって、舞台やるってほんまかいな」

「ええ、本当です。東京なんですけど、もし、お時間ありましたら、ぜひよろしくお願いいたします」

「あんた正気で言うとんのかいな。その子ら、やめて何年経っとる思うとんのや。そんな子ぉらがまた舞台に立って恥さらしな真似したらあかんやろ！　すぐやめさせて」

「もうお稽古もずいぶん進んでまして、すっごくよい舞台になりそうなんです。温かい目で見守っていただけると幸いです」

「なに言っとんの！　そんな素人ばっかりが集まったってろくなものになりゃせんよ。演出家の先生呼んできたんかと思ったら、ロビンが演出やて？　そんなもんがいい舞台になるわけないやろ。ロビンなんて役不足や。演出するなんて十年早いわ！　プロの舞台づくりをあんまりなめくさったらあかんよ」

ムカムカしてきた。なんて下品で、汚い言葉で罵《ののし》るんだろう。言葉の使い方、間違ってるし。

「一番下のミユキかて、もう五十やろ？　もうみんな衰《おとろ》えて足腰フラフラなんちゃうか！　悪いこと言わんわ、ファンの夢を壊しないな！」

「いえ、そんなことないです。どのメンバーもしっかり練習して、すごくいい仕上がりです」

「ワタシはなぁ。うちのリラには、ぜったい恥ずかしい真似させんわ。あんたもお付きやったんなら、ポロの手綱《たづな》ちゃんと握っとらなあかんやろ！　あんたらが下手《へた》うつとな、歌劇団自体が恥かくことになんのやで！」

そりゃ、リラさんは上級生かもしらんけど、なんであんたが威張《いば》る？　おかしいでしょ？

「悪いこと言わん！　やめろってポロに言うたって。リラかてそう思うとる」

「本当にリラさん、そんなことおっしゃってるんですか？　そんなわけないと思いますけど」

「あんたもわからんお人やな。リラとワタシがどれだけの付き合いや思うとんの。あの子が十五の頃から知っとんのやで、そのワタシがやめって言うとんのは、リラがやめと言うとんのと同じやということがまだわからんのか？」

「リラさんがそんなバカなこと言うはずないし、百歩ゆずっておっしゃったとしても、もう歌劇団やめてるんだからそんなこと言う資格ないと思いますけど」

「バカとはなんやバカとは！　もうそんなアホみたいなお芝居、絶対観にいくなとファンクラブに言うてまわったるからな！　まったく役不足のくせにしゃしゃり出てくるんじゃないよ！」

そう言うと電話は一方的に切られた。

ため息が出る。トモミンさん、あなた、言葉の使い方、間違ってるよ。

どうして自分が正しくて他が間違ってると思うのだろう。どうして上級生のお付きだというだけで、高飛車《たかびしや》な態度に出られるのだろう。ほとんどの代表さんはそんなことないのにな。

ともかくポロに相談してみよう。

「ああ、あの人ね。大丈夫、気にしなくていいよ。第一、あの人、代表じゃないよ。ごく初期の頃、代表だったこともあるみたいだけど、あの人、自分の思い通りにならないと気が済まなくて、ファンクラブのメンバーから苦情がいっぱい出て、リラさんも困って別の人に頼んだみたい。トモミン、あちこちに上から目線の失礼な態度で困るって」

そうなの？　だとしたらすごいね。あの人、代表づらして私たち下級生のファンクラブに対してずいぶんえらそうだった。

「リラさんだってきっと私たちのこと、応援してくれるよ。トモミンさんから電話あったこと、リラさんに言いつけないほうがいいよ。リラさん、きっと困っちゃうから。人のことディスってばかりだとリラさんが困るってことわかんないのかねぇ」

腹立たしさは消えなかったがおおごとにすると、リラさんやポロが困るだろうと思って、胸の中にしまっておくことにした。

しばらく時間が経つと、なんだかトモミンがかわいそうになってきた。自分はファンクラブ代表のつもりでいるのに、疎《うと》んじられているなんて悲しすぎるやろ。

それに引き換え、私なんかポロに頼りにされすぎ。もうすぐ離婚するけど、今の私は充実している。

けれども、不幸にしてトモミン女史の呪《のろ》いは、効力を発揮することとなった。

トモミンの呪い、恐るべし！

二〇二〇年が明けて、世界は、とんでもないことになってしまったのだ。

◇◇◇

「申し訳ありません。この状態では公演できません。延期せざるをえません」

「中止じゃなくて、延期ね。そうだね。せっかく練習してきたんだから、中止にはしたくないよね。いつまで延期するの？」

「ゴールデンウィーク明けたらできるよ」

「オリンピック明けをねらったら？」

「お客さん半数しか入れられなかったら、採算が取れません。もっと後にします」

プロデューサーのポロの言葉に誰も反対できない。

幸いにも劇場は、予約金はそのままで公演日程を延期することを認めてくれた。

「緊急事態だ。感染が収まったら再会しよう。みんな、それまで生きていような！」

ロビンさんの言葉が重い。

「よし、いいチャンスだ！　これを機会に肉体改造するぞ！」

タックさんが前向き発言をする。タックさんは、切り替えが早い。落ちこむのは二秒だけ！と公言している。失敗したりうまくいかないことがあると『ネクスト！』と気合いを入れて切り替えている。

えらいなぁ。さすが厳しいビジネスの世界で大成功するだけのことはある。

「私は息子の中学受験のサポートをがんばります。来年までそっちに専念して、来年はもうケリはついてるだろうから、今度は公演に全力投球します」

ミユキさん、これまた前向きの発言である。

「ＯＫ。絶対また集《つど》おう。それまでなんとか生き延びような」

同じ台詞《せりふ》を繰り返して、ロビンさんが締めた。

私はどう切り替える？

夫はもういない。したいこと……すべきこと？

そうだ！　シャンシャン、心をこめて一つずつゆっくりつくろう。

突貫工事を覚悟していたが、少しずつ少しずつじっくりと良いものをつくることができる。

私はそんな風に考えようと思った。

ところが、ほんの一〇〇個つくっただけで私は、シャンシャンをつくる作業から、手を引かざるをえなくなってしまった。

幕間《まくあい》

――あんたさぁ。家内《かない》をなんだと思ってんだよ。

自分の〝はしため〟かなんかと勘違いしてるんじゃないのか？

ケイコはね、完治したんじゃないの。寛解《かんかい》しただけなの。

あんたバカなの？　完治と寛解は違うの！　その違いわかる？

はぁ？　わからないの？　わからないからケイコにそんな無茶させたんだな。

いい？　あんたが無理させたから、ケイコの病気がぶり返したんだよ。決まってんじゃないか！　そうに決まってるよ！

あんた、ケイコが音楽学校の受験直前に、病気になって受験できなかったの知ってるんだろう？　自分だけ音楽学校に合格して、いい気持ちかもしれないけど、なんでそのケイコをだな、自分の召し使いにするんだよ！　〝お付き〟とか言ったな。ケイコはあんたの付き人じゃないんだよ。

いったいどこまでケイコと俺を苦しめれば気が済むんだよ。やっと病気もよくなり、俺と所帯《しょたい》を持ち、ようやくここまで来たんじゃないか。それをそれを……。

決まってんだろうが！　疲労が蓄積して免疫力《めんえきりよく》が低下したんだよ！　抗がん剤治療はじまったよ。きっとゲーゲーするんだろうな。励《はげ》まそうにもコロナで見舞いにも行けないんだよ。

最愛の妻が入院しているのに、夫の俺さえ見舞いに行けないんだぞ。わかってんのか？　ちくしょう、ちくしょう、もしもケイコが元気にならなかったら……戻ってこなかったらお前だって生かしておかないからな。わかってんのか！——

第二幕

お母さん、わかってる？
ウチ、まだ子どもだよ？

第一場　ＪＫ、怒る　二〇二〇年三月

ウチらは、不幸だ。

中学の卒業式は、中止になり、卒業証書が、なんと郵便で届いた。

郵便屋さんは、こわごわ卒業証書を手渡すし、ウチもおっかなびっくり受け取った。おお、ごめんなさい、郵便屋さん。そんなつもりじゃなかったのです。ただ、卒業証書を受け取ることでウイルスまで受け取ってしまったらシャレにならないと思ったのです。

不幸な卒業証書。

それでもウチは、お父さんの仏壇にお供《そな》えして、無事中学校を卒業したことを報告した。

卒業式がなかったから、あこがれの人から第二ボタンをもらうという〝儀式〟もできなかった。去年はあこがれの先輩からゲットして、テンション上がってたのに。お母さんはそんなウチを見て、まだそんなことやってるんだと笑っていた。

あれ、当日もらわないとだめだよね。ほしいから予約ねって言っておいた同級生の男子、ヒカルから、後日手渡しされたが、あれは興《きょう》ざめだわ。シチュエーションって大事。

ヒカルは、中学二年の秋に告白されて以来、一応付き合っている、カレシだ。

二人で同じ高校に行こうと励《はげ》ましあってようやく二人とも合格したのに、約束していた卒業旅行はキャンセルになってしまった。

TDL（東京ディズニーランド）が営業していないのだから仕方がない。

高校の入学式中止のメールも来た。塾にも行かせてもらえず、自力で勝ち取った合格なのに、あんまりだ。

そんなこんなをブチブチ言っていたら、

「そんな思いをしている人は、あなたたちだけじゃないよ！　お母さんたちだって我慢している」

と一喝《いっかつ》された。

そんなことわかってるよ。でも、お母さんたちは中学の卒業式も高校の入学式だってあったじゃないか。

「幼稚園の卒園式も小学校の入学式だってなかった子だっているんだよ……」

そんな小さい子たちは何もわからないからそういうもんだって思ってるよ。でもウチらは、いろんなこと知ってるから、よけいに不幸感が増すんだよ。

「ともかく不幸自慢するんじゃない！　お母さんたちだって公演延期になったんだから

ね」

「でも、お母さんたちは、終息《しゅうそく》したら公演できるじゃない。私たちは一生に一回だったんだからね！」

「そうよ。来年、公演絶対やるからね。それとサキ、ケイコが入院しちゃったんだから、あなたがかわりにシャンシャンつくんなきゃダメよ。残り九〇〇ね」

「えっ、九〇〇⁉」

驚きあわてふためく私に、

「そう、九〇〇。お客様全員分必要だから一〇〇〇なんだけど、ケイコが入院する前に一〇〇つくってくれているから残り九〇〇」

「ちょっとぉ。私だって忙しいんだよ？　高校の勉強難しいし、学校の宿題、いつやれっていうのよ」

「あのね。これ業者に発注すると、とってもお金かかるのね。ケイコができなくなっちゃったから、あなたがやるしかないじゃない」

そうなのだ。お母さんが現役の頃から、全部お世話してくれていたケイコおばちゃん、ガンが再発して入院治療している。

この前、ケイコさんのご主人から電話があった。

「あなたがケイコを疲労させたからガンが再発したって怒られた」

としょげていた。あんなへこんでいるお母さんを初めて見た。

医学的には、本当かどうかわからないけど、そう言いたくなる気持ちは私にはよーくわかる。お母さん、ケイコおばさんのこと、ずいぶんと引っ張りまわしていたから。

お母さん、あなた、なぜ、プロデューサーなんかやるって言いだした？　そんなこと言わなきゃよかったんだよ。たくさんの人、巻きこんで、きっとみんな迷惑してるよ。

お父さんが死んでから、お母さん一人で声楽《せいがく》教室とかカルチャースクールとかで教えて家にお金入れてくれてウチはもうすぐ高校生になる。二人で静かに暮らすのが幸せなことなんだって、最近つくづく思うよ。お母さんがプロデューサーやるようになってけっこう家の中メチャクチャになっているよ。家事はほとんどウチまかせになったし。だいたいコロナのせいで公演自体が延期になっちゃったし。

延期っていうけど本当にできるの？　なくなっちゃったイベントってたくさんあるぞ。

あー、シャンシャンつくるの、ホントつらいな。原口さんという人が懇切《こんせつ》丁寧に見本と材料と作り方動画を送ってくれてるし、作り方自体は、そんなに難しくはなさそうだけど。

しかし、なぜ、花のＪＫがそんなことやんなくちゃならない？

「お母さんは、コロナで夜、バイトしなくちゃいけなくなったでしょ。もちろんお母さんもつくるけど、あなたがメインでやらなきゃどうするの？　本番は来年の十一月。今年の十一月じゃないよ？　わかってる？　今はまだ三月でしょ？　逆算してみて。一年半以上ある。一日一個ずつつくったらおつりがくる」

こないよ、おつり。ぜんぜん足らない。そんな簡単な計算、間違える？

でも、結局引き受ける羽目《はめ》になった。

それは、ケイコおばちゃんから、こんなＬＩＮＥが来たから。

『ごめんね。ごめんね。サキちゃん、シャンシャン、私がやるはずだったのにこんなことになっちゃって』

こんなの来ちゃったら、断るわけにいかないでしょ。

おばちゃん、なんで謝るの？　おばちゃんが悪いんじゃないじゃん？　悪いのは病気でしょ？　好きで病気になったわけじゃないのに、謝っちゃだめだよ。

『大丈夫。ワタスがちゃんとやるから』

送信してから、ワタシがワタスになっていたことに気がつくが、もう取り返しがつかない。使い慣れない言葉使おうとするからだ。初めからウチって書けばよかった。

今時のＪＫは『ワタス』って言うんだと思ってくれるかな？

いやいや、取り返しがつかないというのは、シャンシャンなるものをつくらなきゃならなくなったことだ。

だいたいなぜシャンシャン？　パンダかっ！つうの。

こういうのなんて言ったっけ……そう、ナイショクだ！　花のJKが内職かよ！

「どうせ学校、休校でしょ。外に行けないんだから、家でやるのにはちょうどいいじゃない」

お母さんに押し切られる。

そうなのだ。

大事なお店やお仕事を失った人も大勢いる。

今は我慢だな。私たちの青春を返せ、一生に一度の思い出を返せ！なんて誰に言ったらいいんだって話だよね。言っても仕方がないことは思うのやめよう。

お母さんが「せっかくだから制服を着て高校の校門で記念写真を撮ろう」と言いだした。

「えっ、まだ三月だよ。三十一日までは私、法律上は中学生のはずだよ」

「いいのいいの。かたいこと言わないの！　今年は暖冬で例年より開花、早いからね。早く行かないと桜、散っちゃうよ。あの高校の桜、すっごくキレイなんだから。絶対見せたいのよ」

あいかわらず破天荒《はてんこう》な母親である。

マスクをつけて二人で出かける。

校門前は人だかりもなく、楽々と記念撮影ができた。そりゃそうだ。まだ三月だもん。入学の記念写真を撮りにくる親子なんて、ウチらぐらいしかいない。

「だって、四月になったら忙しいんだもん。せっかくだから、マスクはずしてぇ」

お母さんの言葉に一瞬だけマスクをはずす。

「まったく私とおんなじ高校に入ったから、一緒に大声で校歌、歌えると思ったのに入学式中止とはねぇ」

お母さんの言葉に爆笑してしまい、大口開けたら桜の花びらが口の中に入ってきた。

見上げるとグラウンドの土手沿いに桜が何本も並んでいる。青空のもと、おりからの強風にあおられ、枝がユサユサゆれている。なんかこわくなる。

桜の樹の下には死体が埋まっていると言ったのは誰だったか？　確かに美しすぎて禍々《まがまが》しいものに見えてしまう。

実はウチは文学少女なのだった。文学的もの思いにふけっていたら、おかあさんの無粋《ぶすい》な声に邪魔された。

「ねー、桜、すごいでしょう。サキの卒業式のときには絶対、一緒に校歌、歌うからね。だって私、自分の卒業式、出てないからね」

そうだった。お母さんはコロナとは関係なく、高校の卒業式出なかったんだっけ。なんでも音楽学校の試験直前で、卒業式なんて出ている余裕がなかったとのこと。そんなことやっているヒマあったら、少しでもレッスンやりたかったって言ってた。

そういうところ、お母さんはすごいなって思う。

ウチは、そういう割り切り方ってできない。友達と最後の思い出つくりたいって卒業式を優先するだろう。

「音楽学校合格が最優先事項。高校に思い出なんてない。友達だって一人もいなかった」

そう語るお母さんは、〝鉄の女〟だと思う。

だけど、そんなら、なぜ校歌なんて歌いたいのん？　ようわからんお人や。

ケイコおばちゃんには、お母さんが昨年、モーチョーで緊急手術入院したときに、いろいろ助けてもらった。ウチなりに恩義を感じている。ケイコおばちゃんのピンチヒッターじゃなかったら、いくらお母さんに言われても引き受けなかっただろう。

今度は、私がケイコおばちゃんのお見舞いに行かなきゃと思ったが、このご時世《じせい》、お見舞いはできないのだそうだ。

別に面会謝絶というわけではない。いわゆる外部感染防止の観点からだそうだ。

「うちのおじいちゃんも面会できないよ」

ヒカルが言ってたから、そんなに重病じゃないと思うことにしよう。そうだよ。面会謝絶というわけではないよ。うん。きっとだいじょうぶ。

そんなわけで、シャンシャン少しつくると写真撮ってＬＩＮＥでケイコおばちゃんに送る。

既読《きどく》にならない。

でも、いい。次の日も送る。

やはり既読にはならない。

でもいい。ホントこれは願《がん》かけの一種だな。毎日つくった数を報告する。お見舞いできないんだからこれしか手がない。

代わりと言ってはなんだけど、ヒカルからは、しょっちゅうＬＩＮＥが来る。以前よりずっと。会えないんだから、当然と言えば当然なんだけど。

『会えない？』

ヒカルからだ。

ウチのお母さんは、男女交際に関しては物わかりのいいほうなんだけど、「ヒカル君と今、会うのやめてね。もしもあなたがうつったらお母さんにもうつるよ。そしたらお母さん、働けなくなるから、うちいっぺんに貧困家庭になるよ。ま、今でも貧困は貧困だけどね。でも、もっとひどくなる。お母さん、こう見えても五十歳過ぎてるからね、死ぬかもしれないよ。そしたらあなたみなしごよ。ハッチになっちゃうよ」

最後は何やら昭和のギャグっぽいけど、ともかくそんなことになったら困るから、『終息するまで会えない』と返す。

ヒカルったら『ぴえん』と顔文字ではなく、文字で来る。

お前は、女子か！

会えないかわり、ビデオ通話に切り替える。

『サキ、愛してるよ』

そう言って、ヒカルが唇《くちびる》を突き出す。

『ちょっとヤダ。お母さん、盗み聞きしないでよ！』

そういうと、スマホの向こう側でヒカルがドタバタあわてる。

バーカ、お母さんは仕事だよ。いるわけないじゃん。そうやって無料をいいことに長時間、イチャイチャする。

◇◇◇

ゴールデンウィークになって、ようやくケイコおばちゃんのＬＩＮＥに既読マークが。
バンザーイ。部屋の中で飛びはねる。
返信はないけど、これって悪意の既読スルーじゃないよね？
リプライできるほどに体力まだ回復してないってことだよね？
どちらにしても一歩前進だよ。
梅雨がなかなか明けない。どこにも行けず家で暇《ひま》を見つけては、シャンシャン内職。
そうこうしているうちに、ついにケイコおばちゃんからＬＩＮＥが来た。
『サキちゃん、毎日、アリガト』
あわてて、
『今、ビデオ通話いいですか？』
と返す。

『えー、私、ヒドイ姿だよ』
『ナンクルナイサー』
なぜ、沖縄弁かは自分でも不明。
ともかくおばちゃんの姿を見たい。
画面に現われたおばちゃんの姿に息をのむ。
頭、スキンヘッドになっている。
瞬間的に顔が引きつってしまったの、おばちゃんにわかったかな？
あわてて笑顔にしたんだけど。
ケイコおばちゃん、髪の毛、ゴッソリない。
『ごめんね。迷惑かけちゃって。返信もできなくて。こんな姿になっちゃって』
なぜ、おばちゃんが謝る？　おばちゃんが謝る必要なんてまるでないよ。
『本当は私がつくらなくちゃならないのに、ごめんね』
また謝る。謝らなくていいってば。
おばちゃんにニット帽をプレゼントしようと決意し、デパートに行く、マスクつけて。
これは絶対に不要不急《ふようふきゅう》の逆のやつだ。必要だし急ぎだ。

でも、こんな暑い季節にニット帽なんて売ってるのかな？

ふ〜ん、サマーニットっていうのがあるんだ。

おばちゃんに似合いそうなグリーンのかわいいのをみつけた。ちょっと予算オーバーだけど、全然友達と遊びに行けないから、このところウチ、ほとんどお金使ってない。だから奮発《ふんぱつ》しちゃおう。

レジに並ぼうとしたら、

「あれ？ サキじゃない？ 何やってんの？ こんなところで」

カズコだ。中高と同じ学校。あいかわらず、取り巻きと一緒にいる。ニヤニヤ意地悪そうにこちらを見てる。

何やってるって買い物に決まってるじゃないの。お前らこそ不要不急の外出してんじゃないよ！

「何買うの？ やだー、ニット帽？ この暑いのに？」

余計なお世話だね。営業用スマイルしながら言ってやる。

「ああ、これ？ 変装用。マスクだけだと今みたいにウチだってバレちゃうからね。じゃあ、買ってくるから。バイバイ」

「あっ、ちょっと。ねー、ヒカルと一緒なの？」

「ううん、一人だけど何か？」

必殺、質問返し！　余計なお世話なんだよ。

何がおかしいんだか知らないが、こいつら必ずイヒヒって意地悪そうに笑う。そして、そのまま何も答えず去っていく。

去り際に、

「何あれ。超ダサいんですけど」

と聞こえよがしに言って笑い転げているのを無視する。

購入すると、その足で病院に向かう。直接は無理なので受付で渡してくれるよう頼む。

家に帰ってくるのを見計らったように、おばちゃんからＬＩＮＥビデオ通話が。

「どう？　似合う？」

私の贈ったニット帽、もうかぶってくれている。

「よかった。とっても似合う。おばちゃんってなんかグリーンのイメージだから」

「へえー、私ってグリーンなイメージなんだ」

おばちゃんがニコニコ笑っている。よかった。

でも、おばちゃんすっごく痩《や》せてきた。そのことをおそるおそる言ってみると、

「食欲が全然なくて、ちょっと食べてもすぐ戻しちゃうのね。ごめんね、汚い話して」

うぅん。おばちゃん、そんな謝ってばかりいないでよ。おばちゃん、お母さんがモーチョーになったとき、力になってくれたじゃない。悶《もだ》え苦しむお母さんを見て、このままお母さん死んだらどうしよう。私、ひとりぼっちになっちゃうって途方《とほう》にくれていたとき、励ましてくれたよね。ホント、ありがたかったんだよ。

おばちゃん、早く元気になって。そんなか細い声で謝るのやめて。早くよくなって。お願いだから。

芸能人や有名人がコロナで亡くなるニュースを見るたびにお母さんがまじめな顔をしてこう言う。

「やっぱり絶対に私たち、公演しなきゃね。人間、いつ死ぬかわからないもん。死んじゃったらもう公演できないじゃん。絶対やんなきゃ」

◇◇◇

「リモート飲み会しよう。サキ、ケイコも誘って」

流行《はや》りものに弱いのか、お母さんそんなことを言いだした。

「リモート飲み会？」

「そうなんです。今、流行ってるみたいで」

「ふ〜ん。楽しそうね。で、私はどうすればいいの？」

ケイコおばちゃんに、こちらから招待するので、時間になったらタップしてお入りください と伝える。

「ふ〜ん、世の中、すごいことになってるのね。お店やってないから？ 遊びにいくのもダメなんだ。ふ〜ん、じゃあさ、世の中の人、みんな入院してるのと一緒だね」

なるほどそういう考え方もありか。

ところで病院ってリモート飲み会なんて許してくれるの？

あっ、ナイショですか。それならよかった。いや、よくないか。

当日、時間になって、ワイワイおばちゃんたちが、iPadの画面上に集まってきた。

「サキ〜、サキ〜。サキも入りな」

呼ばれる。自分の分のカルピスを用意し、いそいそとお母さんの隣に座る。お母さんは缶チューハイを飲んでいる。

みんなドリンクが違う。それぞれ個性的だ。テレビでよくお見かけするタックさんは、赤ワイン？ それも高級そうなグラスで優雅《ゆうが》にお飲みになっている。お部屋もゴージャスだね。ロビンさんはおばあちゃまと参加。あっ、ウチから見たらおばあちゃまだけど、たぶんロビンさんのお母さまだよね。こぼさないようにふたとホルダーがついた容器で、ストロー使ってなにか召し上がってるよ。ロビンさんは缶ビールをお持ちだね。

ミユキさんは、白ワイン。これも高そう。ちゃんと背景に〝壁紙〟用意してるから、おうちの中かわかんないや。我が家は恥ずかしいからあわてて洗濯物とか片づけた。

ヒメさんは何か桃色のカクテル。名前を聞かれてピーチなんちゃらとお答えになっていた。よくわからない。

イチカさんは、あれ？　お水？　「ううん。アックワ・ガッサータ」とおっしゃる。炭酸水ね。

そして、ケイコおばちゃんは……。

「ケイコ、思っていたより元気そうじゃない！」

ケイコおばちゃんがちょっと遅れて参加すると、みんなが歓声を上げた。

ウチの差し上げたニット帽かぶってくれてる。

「ごめんなさい。初めてだからちょっと手間どっちゃって。へーえ、こんなふうになるんだ。面白いですね。……皆さん、ごめんなさい。ご迷惑をおかけしちゃって」

「ううん。迷惑なんてとんでもないよ。でも、本当、よかったよ。公演まであと一年半もあるからそれまでにゆっくり治せばいいよ」

「そうそう。ウチらも今、トレーニングしかやることないし」

口々に励ます。

「そうよそうよ。シャンシャン、サキちゃんが一人でつくってんのよ。早く復帰して手伝ってよ」

重病人に向かってなんちゅうこと言うねんと思うが、これがお母さんたちなりのエールなんだと思う。

「ホント、サキちゃん、ごめんね。もうちょっと元気になったら病室でもつくれるから」

ケイコおばちゃんもなんかうれしそうだ。

お母さんがミーティング招待したのに、無料アプリ使用だったから途中で切れてしまった。

「じゃあ、私のでやろう」

さすがはタックさん。リモート会議しょっちゅうするみたいで、会社の有料のアプリで招待してくれた。

ケイコおばちゃんは途中から泣きだしちゃって。

それを見てみんな泣きだす。

まあ、お母さんは泣き上戸《じょうご》なのは知っていたから別に不思議はないけど、ロビンさんをはじめ、みんな号泣。なんじゃ？　お前ら？　心の中で毒づいてやる。

◇◇◇

定例のリモート会議。

スケジュール調整をしたので、全員出席と思いきや、イチカさんが来ないそうだ。

「誰かイチカさんから連絡受けてます？」

誰も知らないとのこと。

ＬＩＮＥグループのメッセージも既読にならない。電話にも出ない。

すご〜く心配になってくる。

体の具合でも悪いんじゃないの？というタックさんの言葉をきっかけに、

「えっ、やだ！　もしかして交通事故？」

「イチカって連絡は、マメだよ」

「欠席連絡もないなんて絶対、なんかあったよ」

かわるがわる何度もLINEやメール、電話をするが一向《いっこう》につながらない。

「もしかして、鬱《うつ》なんじゃない？　ステイホームで鬱になることって多いって聞くよ」

みんな押し黙る。

「時間がもったいないから、イチカ抜きではじめるよ」

不吉な考えを振り払うように、しびれを切らしたロビンさんが演出プランを説明しだした。


数日後、タックさんから電話が来た。

スピーカーに切り替え、お母さんと共有する。なぜ？　ウチが？と思うがいつのまにかそういうポジションになっている。

「思った通り、イチカ、鬱っぽくなっている。不定愁訴《ふていしゅうそ》だね。あれは」

家を訪ねてドアチャイムを鳴らしても出ない。庭にまわると、窓という窓にカーテンが閉められている。

ちょっと隙間《すきま》があったので中をのぞいてみると、薄暗い部屋にイチカさんがぽつんと座っているのが見えたという。

窓ガラスをドンドンやって、ようやくカギを開けさせて、窓から押し入ったと。

どうした？　具合でも悪い？　病院行った？

何を聞いても座ったまま首を振るだけだったそうだ。

「じゃあ、イチカさん無理？　やらないって？」

「やらないっていうより、あの状態じゃやれない。……イチカさ、この騒ぎで予定していた公演、全部中止になったし、生徒さんたちが来ないからってスタジオも閉めちゃったし相当メンタルまいっちゃってるみたい」

イチカさんの離脱。

ＬＩＮＥでタックさんからメンバーに報告してもらった。

皆さん、明らかに動揺している。

ケイコおばちゃんは、

「トモミンの呪《のろ》い……トモミンの呪い」

なんてうわ言みたいに言ってるし。

「わかった。イチカの代わりを誰か探そう！」

「よし、イチカには療養に専念するように伝えて。誰にする？」

「あのー、皆さん、元気が出たところ水を差すようで申し訳ありませんが、一人減っても現有メンバーでやりませんか？　まだ台本もできてないことですし、交渉するのもけっこう大変なんですよ」

メンバー探しに疲労困憊《こんぱい》したお母さんがおずおずと提案する。

「でもね、私は七という数にこだわりたいんだよね。ラッキーセブンとか七人の侍《さむらい》とかさ、なにかとカッコいいわけですよ。チケットのこと考えても、イチカの抜ける分のチケット売ってくれる人、やっぱり必要でしょ」

ロビンさんがきっぱりと言い放つ。

「えっと、七人って……」

そう言われて、あれ間違ったかなとロビンさんがあわててカウントする。

「えっと、私でしょ。ポロでしょ。ミユキでしょ。ヒメでしょ。タックでしょ。ケイコさんでしょ……。ほら、イチカを入れて七人だったじゃない」

「えっ、私も数に入ってるんですか？」

ケイコおばちゃんがびっくりしている。

「当たり前じゃない。暴走ポロの猛獣使いはあなたしかいないんだよ。頼むよ。頼りにしてるんだからさ」

「えー、暴走とか言われるの心外《しんがい》なんですけど」

お母さんがはしゃいだ声を出す。

ケイコおばちゃん、泣いてるし。

お母さんたちは、それに気づかないふりして、候補者は誰にするか話しあっている。

「チョモがいいよ。イチカと同じタイプで器用だしさ。退団後もミュージカルに出てて、歌もダンスも芝居もできる。それこそタップも得意だった」

お母さんがコンタクトを取って、口説《くど》くよう言われる。

ケイコおばちゃんが倒れ、イチカさんが戦線離脱。満身創痍《まんしんそうい》のお母さんのプロデュース公演。

何よりこのコロナ禍《か》で公演なんてできるのかいな？　あちこち中止になっているよ。

なんだか悲壮な感じになってきた。

◇◇◇

年が明けた。

二〇二一年。ちっともめでたくないお正月だった。

でも、そんなこと言ったら、暮れだってクリスマスだって我が家は何も楽しいことはなかった。

あろうことかお母さんは、ウーバーイーツをはじめた。

頼む方じゃないよ。チャリで運ぶ方。

「みんな、チャンスとばかりに鍛《きた》えてるからね。私もチャリこいで鍛える。ウーバーイーツ最高！　お金もらえて、体も鍛えられるってどうよ？」

どうよ？って、お母さん、このへんじゃそこそこ有名人なんでしょ？　ＯＧがウーバーイーツやってるなんてバレたら、騒ぎにならない？

「大丈夫、大丈夫。マスクしてるし、伊達《だて》メガネしてればわかりっこないよ。今は、みんな変装してもバレバレにならないからね。全国民が変装してる感じだからねぇ。お母さん、マスクしてるおかげでほうれい線が見えなくて、三割くらいよく見られてんじゃないかって得してる感じするもん」

どんだけポジティブシンキング？

確かに、この前の、オンライン飲み会でタックさんは、自分の経営するスポーツジムで、毎日バイクワークしていると言っていた。

うちのお母さんは、同じ五十歳で、ママチャリでウーバーイーツ。その落差に娘としてはトホホになる。

だけど、この騒ぎでお母さんの主収入源である歌唱の個人レッスンやお教室の生徒さん、めっきり減ってしまったから、仕方ないっちゃ仕方ない。

お母さんは、精神的にタフ。上級生のファンからディスられても、ケイコおばちゃんのご主人から怒鳴《どな》られても、仕事が減り収入がとぼしくなっても、決して泣きごと言わない。

そんなお母さんだから、世の中、こんなになってもやっていけるんだろうなって思う。

普通の神経だったらイチカさんみたいに、たぶんまいっちゃっているだろう。

「ポロは頭悪すぎて、自分がどれだけ苦境に陥《おちい》っているのかわからないんだよね」

ロビンさんにオンライン飲み会でずいぶんなこと言われていたが、ウチが見てもその通りだと思う。

「でも、そんなポロさんが率《ひき》いているから、私たちあきらめないでがんばれるんじゃないですか」

ミユキさんが絶妙なフォローをしてくれていた。

そうだよ。お母さんが考えこまないでともかく前へ前へって行こうとするから、みんな応援してくれているんだと思う。

でもね。なんでもかんでもウチにさせようとするのは勘弁してほしい。

「サキ、確定申告の資料つくって。最終確認は私がするからさ」

はあ？　そんなのウチにわかるわけないじゃん。

「ググればわかるよ。手取り足取り書いてあるからさ」

「そういうのってお母さんの仕事なんじゃないの？　手取り足取り書いてあるんならお母さんがやればいいでしょ！　なんで、ウチにやらせるのよ」

「私が超、忙しいのわかってるでしょ！」

「だからと言って確定申告、高校生になったばかりの子どもにさせる親ってどこにいるのよ！」

「ここにちゃんと一人いますがな。私、計算苦手なの、あなたよーく知ってるじゃない。中学のとき、数学得意だったでしょ。こんなもの簡単簡単」

「簡単簡単って……お母さん、わかってる？　ウチ、まだ子どもだよ？　税金のことなんかわかるわけないでしょ！」

しかし、結局押し切られる。一度動きだしたお母さんを止めることは、ウチには不可能なのだ。

ムリ〜、ムリムリムリムリ〜と言いながらともかくやってみる。ん……なんだよ。そんなに難しくないじゃない。サイトにとんで、必要事項を入力すればいいだけだ。

「お母さん、還付金《かんぷきん》が出たよ」

ドヤ顔をしてみせると、

「そりゃそうだ。コロナのせいで全然稼《かせ》げてないもん」

そんなところで胸を張るな！

ふと気が付く。

「お母さん、じゃあ、我が家、何か支援金とかもらえるんじゃない？」

「えっ、そうなの？　よくわからない」

まったくもう。こういう親を持つと、子どもがしっかりするわけだよ。ウチがしっかりしないと、たぶん我が家は崩壊する。

「……調べておくよ」

「ホント？　助かるなあ」

この人、わざと頼りないふりしてるんじゃないだろうな？　それでいやおうなしにウチがしっかりするよう仕向けているとか。いや、ないな。ない！　お母さんにはそんな芸当はできない。ただ、そういうことに疎《うと》いだけだ。うわぁー、やっぱりウチしっかりしなきゃなぁ。

　時々、お母さんが音頭《おんど》を取って、オンラインミーティングが開かれる。

　思いのほかオンライン飲み会が楽しかったせいか、いそいそとみんな参加する。

　コロナ前は、お母さん、ケイコおばちゃんとしょっちゅう東京に行っていて、ウチ一人で留守番をすることも多かったけど、今は嫌になるくらいうちにいる。

「宣伝にかけるお金がありません。いろいろ支払いも迫ってきているし、早めにチケット売り出して入金していただく必要があります」

　プロデューサーであるお母さんが必死に話をしている。

　皆さん、歌劇団をやめて、ずいぶん日が経ってるし、ファンクラブだって散り散りの人ばかりだった。

「そもそもチケット代、高くない？」

　タックさんが眉《まゆ》をひそめる。

「でも、皆さんのギャラお支払いして、黒字にするにはこれくらい必要なんです」

　お母さん、一歩もゆずらない。

「わかった。プロデューサーはポロなんだから、ポロの言う通りにしよう。チケット代に見合うだけのものつくればいいだけの話だ」

　ロビンさんが話をまとめる。さすが最上級生。ピシっと締める。

「フライヤーはつくったのですが、それ以外の宣伝手段がありません。お金がないんです」

またお母さんがお金の話を……。てか、チケット代高くてもないんかい！　心の中でつっこむ。

SNSを使おう。お金がないので、それしか宣伝ができないということになった。

「えー、私、そういうのやったことないんですけど」

「ヒメ、ダメだって！　この時代、自分で自分の宣伝やんなきゃ」

ヒメさんが泣きごとを言うと、ロビンさんが叱咤《しった》する。

「えー、そういうの、はしたないって前に言われた」

「誰によ？　ん？　上級生？　そんな年配の方の話聞いていても仕方ないでしょ？　時代は変わったの！　SNS使わないでどうすんのよ」

「超一流の芸能人はSNSってやらないって」

「……誰が超一流だって？」

「わかりました。やります、やります」

ロビンさんとヒメさんのやり取り、おもしろ〜い。

「まず、ヒメちゃんは、インスタからやろうよ。自撮り写真って好きでしょ？」

「ちょっと見せて。ふ〜ん、これなんかいいじゃない」

「うん、大好き」

自分大好きなヒメさんらしくいろんなポーズ、いろんなお衣裳で撮った大量のストックがある。

「サキちゃん、現役JKさん！　私たちに写真の盛り方教えて！」

ロビンさんの圧《あつ》がすごい。

「はい。このアプリを美白にして、キラキラつけて」

「へー、さすがだね。目尻のしわとかほうれい線とか全然ない」

「アプリ入れた。この写真をどうすればいいの？」

タックさん、ヒメさんが絡んでくる。

まるでやったことのない人にSNSのやり方教えるの、けっこう大変である。

「サキちゃん、このアプリで写真アップすれば世界中の人が見てくれるの？」

「ヒメさん、まず、フォロワーを増やす必要があります」

「それそれ、サキちゃんにそれ聞こうと思っていた。どうすればフォロワー増やすことできるの？」

「関連項目記事をチェックして、公演に来てくれそうな人を、自分から先にフォローしてしまいます」

「ええ、先にフォローするの？　それってカッコ悪くない？」

「ヒメさん、そんなこと言ってられませんよ。私だってそうやってフォロワー増やしたんですから」

メンバー一のフォロワー数を誇るミユキさんも後押ししてくれる。

「うわー、あなたはロボットですか？って。そんなわけないでしょ？　私は生身の人間ですよ……ってどうやれば伝わるの？」

登録画面につっこむヒメさん、おもしろすぎ〜。

「ヒメさん、チケットのことだけじゃなくて、インターネット使えないとこれから大変ですよ。インターネットショッピングってしたことあります？」

たぶん、最年少のミユキさんが一番くわしいのだろう。ヒメさんにいろいろアドバイスしている。

「ううん。したことないの。だって、実際にモノを見ないといろいろ不安でしょ？　だから、私はお店に行って直接、手にしたものしか買わないことにしているの」

「ヒメさん……そのお店が休業しなきゃいけなくなったらどうするんですか！　悪いこといわないから、クレジットカード用意して、私がサポートしますから……まず、ネットスーパーやってみましょう。お米とかトレぺとか持って帰るの大変でしょ」

「う〜ん、そういうの旦那《だんな》と週末に車で行くから……」

「やってみましょう!」

「ハイ!」

最後は最下級生のミユキさんが説教する。ロビンさんと並ぶ最上級生のヒメさんに。

「なんでもご主人に頼りっぱなしじゃダメですよ。ご主人コロナにかかったらどうするんですか？　今のヒメさんだったら生きていけませんよ。第一、ワクチン接種だってたぶんネット予約になりますよ。ヒメさん、ネットにぜったい慣れておいた方がいいです!」

ミユキさんは、一児を持つ主婦で、その感覚はたぶんメンバーの中ではいちばん一般の人に近いはずだ。

「ヒメさん、ひとつだけ注意!　ネットショッピングにハマっちゃだめですよ。夜中にこっそりポチらないこと。わかりましたか?」

ヒメさんは、「や〜ん、ミユキちゃんこわ〜い」テヘペロってしていた。

こうして集まって稽古ができない期間を利用して、それぞれがSNSを使って宣伝活動に励むことになった。もっともヒメさんだけは、インターネットに慣れることっていう宿題で、一人だけ異常にハードルが低かったわけだが。

「私、本、書いているじゃないですか？　美容やダイエット関連の。でもね、わざわざ星一つとかディスってくるのありますよ。ヒマか！って思います」

タックさんが口を尖《とが》らせる。

ヒメさんがSNSをやりだして、その結果報告ということでまたまたオンラインミーティングが開催された。

私のもひどいんだよとヒメさんが言いだした。

「私のはねぇ。あなた現役時代、可憐《かれん》だったのだから、老醜《ろうしゅう》をさらすのやめなさい。ファンの夢をこわすのやめなさい。年輪を重ねた演技派女優を目指すには、あなたは役不足ですって」

ケイコおばちゃんが、あっ！と声を出す。

「ねえ、ポロ、あの人かも？」

「そうかもね。そのワード使うのは、トモミンくらいだからねぇ」

えっ、なに？って質問に応えて、ケイコおばちゃんが上級生のファンに電話でからまれた話を、お母さんがみんなにした。

「そんなの気にすると毒にやられるよ。無視するにかぎるよ」

「毒吐くファンっているよね。文句ばっかり言っているの。そんな人、ファンって言えるの？　自分のごひいきを高めるために、あとの歌劇団員を貶《おとし》めるっていうさ」

タックさん、ミユキさんが憤慨《ふんがい》する。

「それって敬語法と一緒じゃん。謙譲《けんじょう》だよね。違うか？」

違うと思います、お母さん。

「私のところにこんなのが来たよ。どうする？　――懐《なつ》かしい皆様ががんばっておられて素晴らしいと思います。私もぜひ、チケット買って伺《うかが》いたいと思います。でも、これだけ皆さんで何回もアップされたら、かえって逆効果だと思いますよ。フフッ、ごめんなさい――」

こんなこと、わざわざコメントで書くか⁉　何がフフッだよ！

「ほっときなよ！　この人ファンでもなんでもないんでしょ。こういうのを余計なお世話と言います。うちは、宣伝にかけるお金がないので、みんなで協力してうるさがられてもやるしかないのです。こういうの来たら、すぐ切る。ブロックする。たかがＳＮＳでしょ。ＳＮＳってのはそういうもんだから。この人、ダメって思ったら即ブロックしよう。それでいい」

お母さんが吠《ほ》える。

「でもね。この人、チケット買うっていうお客様よ。ほんとうにいいの？」

ヒメさんが美しい眉《まゆ》をひそめる。

「ヒメちゃんの知らない人でしょ？　別にいいよ。新しいお客さんを開拓しよう。昔のことにしがみついてちゃだめだよ。それにたぶん、言っているだけで、その人チケット買わないよ。経験からそう思う」

ロビンさんが思慮《しりょ》深く静かに語る。

「すてきだった姿のままを覚えていたい。もう引退したんだから舞台には出ないでほしいって言っている人、他にもたくさんいるよ」

ヒメさんはまだ不安そうだ。

「余計なお世話だね。嫌ならあなたが観なきゃいい。観たい人だってたくさんいる。誰にでもひとこと言いたい人っているんだよ。『イッチョカミ』したいんだね」

ロビンさんがヒメさんに言い聞かす。

「でもさ、私たち、お客様は神様だと思ってきたじゃない？」

「ヒメちゃん、もう、そういうのやめよう。やたらケチつけて毒ばっかり吐いている人って本当のファンじゃないし、神様でもないよ。私たちは、本当のファンだけ大事にしよう。私たちはさ、芸能活動これまでしなくても、食べていけるというか、生活はね、やってこられたんだから。別に人様《ひとさま》にお情けで観てもらわなくてもいいんだから。でもさ、だからといって低いレベルじゃだめだよ。自己満足じゃダメ！　最高にいいものつくろうじゃない」

ロビンさんの言葉にみんなうなずいている。

「でもさ、ヒメさんがこんなに早くエゴサするようになると思わなかったね。学習能力、本当は高かったのね」

「え～、ミユキちゃん、ひど～い。ところでエゴサってなぁに？」

ヒメさんおもしろすぎ～。みんな脱力しているよ～。

ちなみに、エゴサとはエゴサーチの略で、ＳＮＳなどで自分自身の情報を集めることだ。

「ねーねー、私、前から思ってたんだけど、ＳＮＳとかブログのコメント欄にはさ、応援するかおすすめする人だけでいいと思わない？　自分は嫌いだと思っても他の人がどうかわからないじゃない。それなのに決めつけてこれは悪いってよく言えるなって思って」

よほど嫌な思い出があるのか、タックさんはまだぼやいている。

「ディスることしかできない人って世の中にはいるんでしょう。そんな輩《やから》は無視して私たちは自分たちを信じてやれることをがんばるしかないよ」

終始《しゅうし》、ロビンさんは、みんなのなだめ係。もっともロビンさんはずっと外国暮らしだから、日本のファンの標的にはなっていないのだろう。

「あーあ、まさか、こんな時代が来るなんて思わなかったよ、私。変化についていけないと生き残れないじゃない。でも私、がんばるからね」

珍しくヒメさんが力強く宣言して、この日はお開きとなった。

◇◇◇

自粛期間中、できることをしておこうってなったみたい。

手はじめにお母さんは、メンバーを集めて、リモートでのバンド動画をつくった。

曲は、今度の公演で歌う予定の『恋の曼陀羅《まんだら》』。

なんかタイトルからしてYouTube向きじゃないような気がする。

これって演歌？って聞いたら、『源氏物語《げんじものがたり》』を題材にした舞台の主題歌らしい。

源氏かぁ。平安時代だよね。

大丈夫？ お母さん。古っ！ってバカにされるんじゃないかと不安だったが、視聴してみると……これが良いのだ。

いい！　すっごくいい！　お母さんちょっと見直した。

毎朝、視聴再生回数やチャンネル登録者数が増えていくのが楽しみになってきた。

たまにテレビでお母さんが出ている昔の公演が放送されることがあるんだけど、お母さんは隅っこの方でいつもそんなに長く映《うつ》っているわけじゃないから、全然、すごいと思わなかったんだけど……一曲じっくり聴くと、こりゃやっぱりうまいなって思っちゃう。

びっくりだ。そういえばうちのお母さんカラオケ行かないもんな。

前に誘ったら「歌わせるんなら金とるぞ」って言ってたけど、あれはマジだったのか！

メンバーたちにも『恋の曼陀羅』、自分のアカウントでシェアしてもらう。

ギャラは出ないから、完全に皆さんボランティアで宣伝してくれている。

そうだ。ケイコおばちゃんにも見てもらおうっと。

「ありがとうね」

ってイヤホンをして聴き入っている。とてもうれしそう。

私のプレゼントしたニット帽、かぶってくれているし。

「早く終息して、公演できるといいね」

そうだけど、それよりもおばちゃんが早くよくなってお見舞いに行きたいよ。

世の中の人がみんな、我慢している。終息したら終息したらというのが決まり文句になってしまった。

負けないよね？　人類。

それともウイルスに滅ぼされる？

お母さんに質問したら、

「人間、いつかは死ぬ。そんなこと考えている暇があったら、自分のやりたいことやったほうがいい」

つっ、強い！　お母さん強すぎ！　でもウチはまだやりたいことなんて見つからないよ。どうしたらいい？

◇◇◇

「春休みでしょ。交通費あげるから東京行ってきて」

二〇二一年三月最終週。突然、お母さんに言われた。

「何するの？　そりゃ、東京も緊急事態宣言明けたけどさ、まだ危ないんじゃないの？」

「タックさんが、パーソナルトレーニング、動画にあげていいっていうから撮ってきて。それで編集してYouTubeにあげて」

「えー、東京観光じゃないの？」

「そんなものにお金あげるわけないでしょ。タックさんに連絡とるから彼女の都合の良い日、教えてもらって夜行バスで行って」

「えっ、新幹線で行かせてよ」

「そんな金があるか！　それにね、タックさん、トレーニングは朝、お仕事の前に行なうから、早朝に着いた方がいいの！」

押し切られる。ったく、ＪＫ一人で夜行バスなんか乗せて心配じゃないのかね。

でも、オリンピックも観客なしか……お母さんたちの公演、大丈夫かな？　十一月だからなんとかなるよね。無観客動画配信ってわけにはいかないよね。あー、公演中止になったら、借りてる会場費どうしよ～ってお母さんが目、血走らせてブツブツ言ってるのを知っているから、黙って夜行バスに乗った。

お母さんはウーバーイーツが忙しいからって見送りにも来なかった。ホント心配じゃないのかね。

近くの席のおばさんがコホコホずっと咳《せき》をしているのが気になって眠れやしないので、お母さんが貸してくれたｉＰｏｄでも聴くことにする。

……なんだこりゃ昭和歌謡か。

恋人や花嫁が、夜、汽車に乗って旅立っていったい……。

古い。古いけど、このシチュエーションにジャストフィットする選曲ではある。

でも、やっぱここは『夜行バス』、あいみょんでしょ！

しかし、お母さんのチョイスに、あいみょんは、あるはずもなく、どうしてもあいみょんが聴きたくなった私は、結局、スマホを取り出した。

んー、ヒカルからＬＩＮＥが来てる。

『春休み、旅行しない？』

アホか！　このご時世《じせい》に高校生カップルがどこ行けるっていうんだよ！

『あたおか！』ってスタンプ付きで返す。

『ぴえん』スタンプ。オーオー、お前さんは何かというと、ぴえんだな！　女子か！

『ウチ、これから東京だからね』

『えー、いいなあ。だれと行くの？』

うっせえよ。一人だよ。

乗り物酔いをしやすく、バスの中でスマホ画面を見ないようにしていたのに。心細いからずっとヒカルとピコピコやる羽目になっちゃうなあって思っているうちに、いつのまにか眠っていた。

目が覚めたら新宿だった。ここが名高いバスタ新宿。そうか、バスタってバスターミナルの略かって突然ひらめいた。寝不足で体の節々《ふしぶし》が痛いが、こういうときに妙に頭が冴《さ》えることがある。

新宿駅構内をちょっと歩いて、大江戸線《おおえどせん》というのに乗る。

青山一丁目《あおやまいっちょうめ》で降りる。

スマホ最強！　初めて一人で東京に来たのに、乗り換え案内、マップを駆使《くし》すれば全然迷わずに目的地にたどり着くことができる。

ここが噂《うわさ》の青山。心なしか空気が違うような気がする。寝不足で頭がクラクラしているせい？

こんな街のスタジオ貸し切ってのパーソナルレッスンって、どんだけタックさんってお金持ち？

「おはようございます！」

スタジオの入り口付近でウロウロしていると、タックさんが現われた。あわててご挨拶《あいさつ》をする。

やだあ、さすが美魔女、美のカリスマと謳《うた》われるだけある。かっこいいキャップにサングラス。白のシャツにデニム、おしゃれなサンダルという装い。カジュアルシンプルなんだけど、どれもきっとお高いんでしょう？　おいくら万円？って思ってしまう。

「こちらポロちゃんのお嬢さん、名前、サキちゃんだよね？　こっちはうちのスタッフのレイコさん」

「よろしくお願いします」とやはりセレブな美魔女がニッコリ微笑《ほほえ》みながら挨拶してくれる。

あー、どうしよう？　私。きっと田舎《いなか》のJK感炸裂《さくれつ》だぞ。夜行バスで来たからシャワーだって浴《あ》びてない。匂うかな？　ウチ。臭くないかな？

「あー、タックさん、おはようございま～す」

現われたパーソナルトレーナーもカラコン入れて、目ぱちくりの超ゴージャス美人。ジュンコ先生って呼ばれているから日本人だろうけど、YouTubeでお母さんと一緒に観た『フィジカル』っていうMVの人みたい。

こんな美人のトレーナーにパーソナルレッスン依頼したら、どれだけお金かかるんだろう？　おいくら万円？って聞いてみたいな。でも、はしたないってきっとお母さんに怒られるな。

あー、何だか私、すっごい場違いだ。

いろいろ聞かれて、

「母がよろしく申しております」

と挨拶したら、タックさん、レイコさん、トレーナーのジュンコ先生、三人とも目を丸くして、

「へえ、ちゃんと『ハハ』って言うんだ。自分の母親のことを人に言うとき『お母さん』なんて言う子はダメだね〜って思っているけど、さすがポロちゃんのお嬢さんだねえ。ちゃんとしつけられてるんだねぇ」

ほめられた。

「皆さん、コンニチハ。タックです。今日は私のパーソナルトレーニング風景をお届けします」

ウチの構えるスマホカメラに向かってタックさんがにっこり語りかける。

それから、上半身の筋トレ五十分。

その後、バイクで心拍数を一八〇まであげる。そして、強度をあげて、全力で三〇秒、一〇秒休み、それを八本連続。

「すご〜い。こんな数字初めて見た」

ジュンコ先生が歓声を上げる。

う〜ん、その数値どんだけすごいのか、ウチにはちょっとわからない。でも、うちのお母さんが、ウーバーイーツでいくら鍛えてもたぶん出せない数字なんだろう。

「タックさん、やっぱカメラまわってると、がんばりますねぇ〜」

茶化すレイコさんをタックさんが鬼の形相《ぎょうそう》で睨《にら》む。

お〜こわっ！と隅に避難するレイコさん。

すべてのトレーニングが終わったあと、ぐったり椅子《いす》にへたりこむタックさん。その姿はどこかで見たことがある……と思ったら『あしたのジョー』のラストシーンだ。私でも知っている有名なやつ。まっ白な灰になっている。

「こんなありさまですが、これもみんな、十一月の公演には最高の仕上がりでお目にかかるためです。皆さんぜひ、劇場でお会いしましょう」

荒い息づかいながら、笑顔で手を振ってビデオ撮り、これにて終了。

「ありがとうございました」

お礼を申し上げるウチに、

「いいの、いいの。私の仕事の宣伝にもなるから」

成功者らしくおっしゃる。

その後、体重計にのったタックさんに、ジュンコ先生がちょっと渋い顔をする。

「タックさん、ちょっと停滞気味ですね。どうします？　もっと落としたいですよね？　チートデイいつにしますか？」

「……ねえ、ジュンコ先生。チートデイ、今日にできないかな？　ほら、わざわざ大阪から来てくれたんだしさ、サキちゃんに何かごちそうしてあげたいんだけど」

　そう言って、私の方を見る。

　ジュンコ先生がＯＫすると、タックさんは、

「やった〜！　サキちゃん、スイーツ食べにいこ！　おばさんがごちそうするからさ」

　えっ、そんな申し訳ないですよ。それにチートデイってなに？

「ダイエットしてると、体がね、糖質全然入ってこないぞ、生きていくためには、体重落としちゃだめだぞって防衛本能が働いて、体重落ちなくなっちゃうんだよね。そのときにあえて糖質を大量に入れて、体を安心させるわけ。そうするといったんは体重グンと増えちゃうんだけど、その後は体が安心して体重が落ちはじめるの。その糖質をがんばって入れる日のことをチートデイって言うの」

　なるほど、チートって cheat か！　『だます』って意味だよね。身体、だますんか！

　ウチ、こう見えてけっこう英語、得意です。

「じゃあ、ジュンコ先生もレイコも今日はチートデイにしよう。ね、決まり！」

また、タックさんの無茶ぶりがはじまったと二人とも苦笑しているが、さほど嫌そうでもない。

「なんかすみません」

頭を下げると、いいのいいのと口をそろえておっしゃり、

「シャワー浴びてから先生と向かうから、レイコと先に行ってて」

とのことである。

レイコさんは、すぐにお店に電話をかけ、予約している様子。

「取れたよ。行こ！」

ＢＭＷのワンボックスで近くのおしゃれなお店に連れていかれた。

当然のように、個室に案内される。前と左右にアクリル板が設置され、席もじゅうぶんすぎるほど離されている。超安全。

「先に、はじめていましょうね。お飲み物は？　何にする？」

こういうときは紅茶かな？

「ミルク？　レモン？」

ワゴンに乗ってケーキが運ばれてくる。ビックリ！

ケーキバイキング、他のお客さんは、自分で取りにいくのに、このお部屋は、特別扱

い？

「店員さんに何回も来ていただくの悪いから、はじめから思いっきりたくさん取っちゃった方がいいよ」

と言われ、あれも美味《おい》しそう、これも美味しそうって目移りしてしまい、結局、十個も頼んでしまった。

そこへ、タックさんとジュンコ先生が登場する。

「うわぁー、おいしそうね。サキちゃん、もっと取りなよ」

再度やってきたワゴンを見ながらタックさんはつぶやく。

ジュンコ先生、どれにする？　もう全部取っちゃおうよ。入らなくなったらサキちゃんに手伝ってもらえばいいからさと言いながら、私よりもずっと多く取ってもらっている。

目を丸くしている私に向かって、

「まったく、ポロは……あなたのお母さんは……ごめんね、あなたのこと、一人で東京に来させて、こんなにこき使って。今度、よく言っとくからね」

そんなそんな。とんでもないです。おかげでよい経験をさせていただいてます。

十個のケーキを平《たい》らげながら、セレブたちのトレーニングやダイエットに関するやりとりを興味深く拝聴し、そして、時々ウチに向かってなされる質問に緊張しながら答えていたら、あっという間に時間が経ったらしい。

「タックさん、そろそろ」

レイコさんが目くばせする。

「ごめんね。これから仕事なのよ。もうこれでさよならしなきゃならないの。東京見物してから……と言っても、閉まっているところも多いから、あまりおもしろくないか。気をつけて帰ってね……それと、あなたのお母さん、がんばってるよ。特に予算のやりくりで。絶対弱音、吐かないもんね。私がとりあえず立て替えておこうかって言っても絶対拒否するもんね。えらいよ。業界の男どもと対等に渡りあって大変だと思うよ。よくやってるよ」

ほめられて、思わず涙が出そうになる。

ありがとうございます。トレーニングも兼ねて、ママチャリでウーバーイーツに励んでいる母に伝えますと心の中で言う。

お店を出るときに、ポチ袋を渡された。お母さんには黙っときなとウインクされた。

「ありがとうございました」

車が走り去るまで頭を下げ続ける。

青山一丁目の駅に下りるエスカレーターで、ポチ袋の中身を確認する。

えっ！　諭吉《ゆきち》さまが三枚も入っている！　どうしよう？　こんなにたくさんいただいていいのだろうか？　こりゃ、お母さんに黙ってるわけにはいかないな。

お母さんから渡された帰りの夜行バスのチケットだってある。お金、こんなにたくさんあったら、なんだってできそうな気がする。

さーて、夜行バスまでの時間、何しようか？

思いついて、目黒川のサクラを観にいくことにする。テレビドラマで何回か観たことのある有名なサクラの名所だ。

渋谷《しぶや》まで銀座線《ぎんざせん》というのに乗る。

渋谷で東横線《とうよこせん》に乗りかえる。

中目黒《なかめぐろ》で降りる。

けっこうな人出で、駅員さんが声をからして、注意喚起《かんき》のアナウンスをしている。ごくろうさまです。大阪からわざわざ来ちゃってゴメンなさい。

写真を撮ってヒカルに送る。『目黒川』って。

思いついて付け加える。『来年、一緒に見ようね』って。

風に桜の花びらが舞いおちるのを見ていたら、なぜだか無性《むしょう》にケイコおばちゃんにも会いたくなってきた。

来年の桜、一緒に見たいね。

なんかウチ、優しい気持ちになっている。

ケイコおばちゃん、来年こそ元気になって、うちのお母さんとそれからヒカルと四人でお花見しようね。あー、ゼッタイしようね。

◇◇◇

「ケイコおばちゃん、水泳の池江璃花子《いけえりかこ》選手のニュース知ってる?」

四月。すっごいニュースが飛びこんできた。正直、水泳のこと、よく知らなかったんだけど、すごくうれしかったので、すぐにLINE通話する。

「うん、すごいねぇ。夫がね、さっき教えてくれたんだ」

チェッ負けたか。さすがは夫だ。夫の愛には負けるな、やっぱ。

わざわざありがとうね。私もがんばらないとね。おばちゃんは、そう言った。

なんか後悔してしまう。池江選手の復活劇がうれしくて、後先考えずにおばちゃんに連絡してしまったのだが、よく考えてみると、だからといって、おばちゃんの病気まで治るわけではないのだ。

ウチって浅はかだなぁ。なに調子のってんだよ。

おばちゃんがありがとねって微笑んでくれたとき、ようやくわかったよ。

他人が治っても、そんなことおばちゃんの病気とは、なんの関係もないんだということを。

自分のバカさ加減がイヤになって、

「おばちゃん、早くよくなってシャンシャン一緒につくってよ～。大変だよぉ～」

って甘えてみせたのだが、それもとってつけたようだったし、おばちゃんにゴメンねって謝られちゃって、

「サキちゃんは、気を使いすぎよ。ポロと全然違うね」

などと、逆に気を使われてしまった。

まったく励まそうと思った方が気を使われてしまうってどうよ？　申し訳ない気持ちでいっぱいになる。

「サキ、同じクラスだね。よろしくね」

カズコが声をかけてきた。ああ、こちらこそと返そうと思ったとたん、

「ヒカルとクラス違っちゃって残念だねぇ、ヒヒヒ」

と意地悪そうに笑いやがった。一緒にいる取り巻きも同じように笑う。

高二に進級してなにが嫌かって、この昭和レトロな名前を持つ、中学からの腐れ縁の女と同じクラスになってしまったことだ。

中二の文化祭のクラス展示作業のとき、

「なんでもかんでも自分が正しいと思うなよ！」

ウチは大勢の前で、カズコの間違いを指摘してしまったのだ。思えばウチも血気盛《けっきさか》んだった。それ以来、ウチが間違えたり失敗したりすると、嫌味を言われたり意地悪そうに笑われたりして今に至る。中三のとき、クラスが違ったからカズコの受験情報知らなかったからな。

知っていたらゼッタイ別の高校にしたのにな。あー、面倒くさい。

「お昼、一緒に食べない？　食べようよ」

まだ十一時にもなっていないのに、ランチ友達をせっせとこさえている。これみよがしにウチには声をかけないで。まったくご苦労なこった。

お昼休みになり、

「みんな、こっちこっち。机集めてみんなで食べよう」

カズコが声をかけている。

ウチがお弁当を持って教室を出ようとすると、

「サキちゃんも一緒に食べようよ」

カズコとの確執《かくしつ》を知らない子が声をかけてくれるが、

「いいのいいの。サキは彼氏と食べるんだから。ほっとけば」

カズコが言い、取り巻きがそうそうとうなずいて見せている。

「アリガト」

声をかけてくれた子だけにお礼を言って廊下に出る。

「ねー、サキって感じ悪いよねー。イヒヒヒヒ」

聞こえよがしの悪口と例の意地悪い笑い声が聞こえる。

知ってる？　あんたたち、すっごい密になってるよ。

一年生のときは、ソーシャルディスタンスを保つため、お昼は前向きの机で一人ずつ、無言で食べるように言われていた。それがいつの間にかなしくずしになり、集まってワイワイ騒ぎながら食べるようになってしまった。面倒くさいったらありゃしない。

屋上で、アンパンとパック牛乳という刑事ドラマかっていう昼食をほおばりながら、ヒカルが能天気《のうてんき》な話をしている。

なんでそんなサラサラヘア？　なんでそんなお肌ツルッツル？　なんでニキビとかない

のよ、お前はアイドルかっ！

ヒカルが、サキちゃん、ひょっとして俺のこと見とれてる？とうぬぼれついでに、

「友達が言ってたけど、カズコ、グループＬＩＮＥで、サキちゃんの悪口言ってるんだってよ。知ってる？　俺、やめろかなんか言ってやろうか？」

思い出したように口を尖らせる。

「いい。くだらない。ほっとけばいい」

そんなことしてもらっても別にうれしくない。

「へー、男前だね。そんなサキちゃんにキュンです！」

「アホか！　あたおか！」

世の中はまだまだ大変なことになってるっていうのに、高校生はこんなおバカでよいのかってウチは思ってしまう。

◇◇◇

六月。

チョモさんという人をロビンさんが口説《くど》いて、ようやくイチカさんの代役が決まった。

職人とはチョモさんみたいな人のこと言うんだね、きっと。なんでもできる。稽古期間が短くても他の人にきっちり追いついてくる。

ウチがチョモさんのことすごいって最初に思ったのは、稽古終わりにみんなで食事に行ったときのこと。

チョモさん、何も食べない。水だけ。

「そのサラダ、私がオーダーしたことにしといて」

などと言って、自分は何もオーダーしない。

チョモさん、女性なのに、『ミスターストイック』って言われているくらい。

「そのかわり打ち上げの日は思いっきり食べるよ」

ニコニコしながらみんなが食べるの見ている。

「この年になるとなかなか体重落ちないのよねぇ」

「嫌味か！　それは？」

十分スリムなのにそんなことをおっしゃるチョモさんに、ロビンさんが突っこむ。

「ほら、お肉なら糖質ないから、食べても大丈夫なのに」

美のカリスマ、糖質制限ダイエットをしているタックさんがいくら誘っても、絶対に召し上がらない。

「ホント、チョモはやっぱりチョモだよねえ」

ロビンさんが感心している。

チョモさんは、ロビンさんとヒメさんの次の期の人。タックさん以下の人は敬語を使っている。

「ね、ね、サキちゃん、チョモの愛称の由来《ゆらい》わかる？」

「ごめんなさい。存じ上げません」

「そうか、この人はさ、すっごいストイックに準備するから、その気になれば世界最高峰の山だって登れるって噂があるのよ。世界最高峰なんていうか知ってる？」

「エベレストですか？　あっ、チョモランマ！　そうかそれでチョモなんだ」

「おー、ポロの子とは思えない察しの良さだね。ポロなんてリラさん愛称の由来、聞かれたときにひどい解答したもんね」

えっ、お母さんなに言ったの？　リラさんって誰？　しかし話題は元に戻り、

「チョモ、実際さ、本当に登れると思っているの？　チョモランマ」

「ええ、その気になれば登れると思いますよ」

さらりとチョモさんが応《こた》え、

「お約束〜」

みんなが指差し唱和《しょうわ》し、豪快に笑いあう。

「物販《ぶっぱん》どうしますか？」

リモート会議でお母さんがみんなに聞く。

物販……劇場でグッズを販売すること。

前々から、「ＪＫのセンス生かしてね」って言われている。

お客さん、どんなものがほしいのかな？　パンフレットは絶対だね。自分たちの似顔絵イラストが印刷されたコースターを販売するのもいいかもねと話が進んでいる。

「サキちゃん、みんなの似顔絵イラスト描ける？」

と聞かれ、ブンブン全力で首を横に振る。

そんな、ＪＫだったら誰でもイラスト得意だと思ったら大間違いですよ。こう見えても絵心はまったくない。その私の描いた絵をお金にしようなんてとんでもない。

「いざとなればサキに描かせますが……」

お母さんが言い、ウチはおいおいと思う。プロのイラストレーターに依頼してよ。

「えっと、描かせますが、問題は劇場スペースなんです。ロビーが狭くてそこで物販すると、ごったがえして、そうとう密になると思います」

うーん、どうしよう？

「物販するの、サキちゃんですよね？　ぜったいやめたほうがいいです。サキちゃんの年齢だと公演までにワクチン打てない可能性がある。そんな危ないことさせちゃダメですよ」

中学生の男の子のお母さん、ミユキさんが反対してくれる。

「物販、完全にあきらめちゃうと、利益がですね、苦しくなるので、なんかいい方法がないか考えませんか……？」

お母さん、あきらめが悪い。この人、平気で自分の娘を危険にさらすよ。

「ダメ！　安全第一でいこう。経費かけてつくったわ、売れないわってことになったらもっと大変なことになるよ」

ビジネス感覚に長《た》けたタックさんの発言が決め手となった。

しぶしぶお母さんは、物販で稼ぐことをあきらめる。

「そうだね。初めてのことをやってるんだから、ステージング以外のこと考える余裕はないかもね。今回はあきらめよう」

ロビンさんが言って、

「今、今回はっておっしゃいました？　ということは……次回もあるのかな？」

お母さんがつっこむと、イエ～イとみんなで盛り上がる。

「まったく無事にできるかどうかもわからないのに、みんな能天気だねぇ。よく言えばポジティブ？　でも、どちらにしてもこんな大変なこと、二度とやらないよ。イタリアで夫が待ってるんだからね」

えー！　残念だなぁ。すでにシリーズ化確信してるんだけどなぁ。と、皆さんムニャムニャ言ってその場はお開きになった。

◇◇◇

東京の緊急事態宣言解除をねらって稽古再開。

再度、ポスターの写真撮りも。イチカさんのところをチョモさんの写真に差し替えなければならないのだ。

逆算すると、もうポスター撮りは、ギリギリとのこと。

「ロビンさんってホント、先見《せんけん》の明《めい》がありますよね」

チョモさんが、イチカさんの写った、前のポスター見ながらしみじみと言う。

「えっ、どういう意味？」

「ロビンさん、今の時代は『風の時代』って言われているんですよ。今までは『土の時代』で物質主義。どっしりと根を張る時代だったんですが、これからは風のように、自由で多様性が重んじられる時代になるんですよ。占星術《せんせいじゅつ》的にはね」

「へー、そんなの知らなかった」

「知らないでこんな風が吹いているイメージのポスターにしたんですか? さすがっすね」

メンバーが色とりどりのヒーローマフラーをつけているポスターを見ながら、またしみじみと言う。

チョモさんがとても協力的に取り組んでくれたので、ポスター写真差し替え作業はとてもうまくいった。

でも、お稽古や準備にはこのご時世、いろいろと難しいことがある。

「電車が混んでいて、乗るのこわいなぁ」

そうですよ。誰かが陽性にでもなったら、公演すること自体が難しくなってしまう。

それでもなんとかやらなきゃならない。間に合わなくなっちゃう。

早くワクチン打てればいいのに。

大規模ワクチンセンター空いているみたいよ。頼むよ、ウチのお母さんたちにも、打ってよ。

お稽古場もできるだけくっつかなくて済むように、広めの場所をとるようにしたそうだ。

大変だなぁ。料金だって通常のお稽古場借りるよりも高くなるだろうに。

稽古風景をケイコおばちゃんには生配信する。

「私が最もぜいたくな観客だね」

ケイコおばちゃんが幸せそうにコメントする。

「ねえねえ、お稽古ずっと観てたら、本番、観ようと思わないんじゃない？」

ヒメさんがいたずらっぽく笑う。

「ううん、逆。皆さんの練習の様子を拝見していると、これが本番ではどんな風に仕上がっているのか観たくて仕方なくなるわ」

ケイコおばちゃんの言葉にかぶせるようにミユキさんが提案した。

「私、前から思ってたんだけど、メイキング映像を配信するのっていいと思うんですけど」

ダンスの稽古風景を撮影して、YouTube で配信する計画を話す。

「そんなお稽古でボロボロの姿を見せたら、夢の世界の住人じゃなくなっちゃうよ」

え～っと、ヒメさんが反対する。

「もう私たち、夢の世界の住人じゃないんですよ」

いつも冷静なミユキさんが強い口調で言った。

「みんなやめて何年経ってると思ってるんです？　みんな腰や膝や耳や目や……悪いところだらけじゃないですか！　年取った両親の介護や子どもの学費にヒーヒー言っている現実の姿を知ってもらった方がいいです！」

ミユキさんは言葉を続ける。

「コロナのために仕事が激減し、何よりも感染を心配してじっと我慢して、その分だけ、アラフィフの私たちが必死に努力して、もう一度舞台に集《つど》おうとしている姿を知ってもらった方がいいと思うんです」

みなさん、どこかふっきれた表情に変わっていた。

ミユキさんは、ダンスの練習風景を動画配信することにした。汗が飛び散り、疲れ果てて床にへたりこむ姿やターンに失敗して転ぶところまで映っている。

「だいじょうぶですか？　カットしちゃいましょうか？」

ウチが聞くと、

「ダーイジョーブだって。こういう姿を見せる方がいいんだって。その方が本番楽しみだよ」

ミユキさんは、ネット世界のこと、よーくわかっていらっしゃると思う。ウチが編集するまでもなくクオリティの高い映像を送ってくださった。

ミユキさんのすごいところは、ほかにもある。

「この曲、アイドルが歌ってるんだけど、歌詞もサウンドもいいよね。でも、私たちが歌うとしたらもっと大人《おとな》っぽくいきたいね。ミユキちゃん、この歌の音程、二度下げられる？」

ロビンさんに言われ、はい、やってみますとPCを駆使《くし》してサウンドをつくってきた。原曲よりちょっとテンポがゆっくりで、アイドルの歌声が大人っぽく変容している。

こんなことができるんだね。ミユキさんすご〜い。

でも、もっとすごいと思ったのは、〝譜割《ふわ》り〟までしちゃったこと。ドラム、ギター、キーボード、パーカッション、ベース……それぞれのパートを楽譜に起こしてきたのだ。聴いただけでどうしてそんなことできちゃうのよ。すごすぎでしょ。

ヒメさんの動画は、編集のしがいがあった。

「は〜い、ヒメです。今回私が着ることになった衣装です」

ヒメさんが、白のウエディングドレスをからだの前にあててみる。

「ほーら、まるで花嫁さんですね。そこのあなた、それはさすがにちょっと無理があると思ってるでしょ。は〜い、実は私もそう思ってます。でも勇気ふりしぼって着てみます。えー、皆さん、ぜひ劇場で私のアラフィフの花嫁姿観にきてくださいね〜待ってマース」

ヒメさんふり切っている。すごい。やるときゃやるのさ！とか言って一人でウケてた。

私には元ネタとか、全然わからない。

ミユキさんだって音楽学校時代の制服着るみたい。私と同じ年頃のものをアラフィフの人が着るなんてすごい。ミユキさんってママだよね？

みんな化け物？って失礼か。でも、ぜーたい、フツーの人間じゃない気がする。


動画配信やSNSの記事の発信は、おおむね好評だ。

——楽しみです。ゼッタイ観にいきます——

——ミユキさん、ダンス、キレッキレッじゃないですか！　素敵です——

——ヒメさん、信じられません。いったいおいくつなんですか？　あっ、そんなこと聞いたら失礼ですね――

　でも、中にはこんなのもあった。

――はしたないです。私がファンだったころは、そんな媚《こ》びを売るようなことは誰もしませんでした。老醜《ろうしゅう》をさらすのはやめてください。私たちファンの夢をこわさないで。娘役だったからなんとか見られたけど、女優は無理よ。悪いこと言わないからあきらめなさい。あなたには役不足です――

　書かれたヒメさんがどんな気持ちでいるか心配になり、お母さんに相談する。

「すごいね。老醜だってさ。これもトモミンだね、たぶん。アカウント名変えてるけどさ、まあ、間違いないよ。老醜なんて古い言葉使う人がよくコメント投稿できるね」

　感想そこっ？　ヒメさん、エゴサしてるよ。動画配信、はしたないからヤダって言ってたヒメさんだよ？　それがこんなこと書かれてダイジョーブなの？

「ちょっとみくびらないでよね。ヒメさんはね、ＳＮＳなんかない時代に暴露本にいっぱいあることとないこと書かれているんだよ。そんなの気にしてたらやってらんないわよっておっしゃってたよ。ヒメさんはディスられても全然気にしないのよ。ああ見えてメンタル鉄な人なのよ。この前も、ポロちゃん、ＳＮＳって便利ねぇ。嫌だと思ったらブロックすれば目にふれないんだもんねってオホホって笑ってたよ」

・そうなんだ。でも懸命にいろいろチャレンジしているお母さんたちのことを見もしないでディスってくるのは、腹立たしいなぁ。もう歌劇団やめてる人たちだよ？
よけいなお世話だっつーの！

「放っておこう。世の中にこういう自分だけが正しいって思っている人が存在するってことよ」

あー、ウチもそのメンタル見習いたい。ネットは活用するけど、ふりまわされないようにしないとね。


――座席数が少ないので早めにご予約ください。チケットの早期完売が予想されます――

Facebookのグループページに書きこんでちょっと照れる。

こんなこと書いて空席が目立つようだとかっこ悪いなぁ。

いよいよチケットの売り出し。

お母さんに頼まれて、チケット販売開始情報をオープンにする。

数日後、以下のように告知した。

――申し訳ありません。チケットは完売しました。まだ出演者の手元に若干ありますので、お手数ですが、直接、出演者にお申し込みください。なお、当日券はございませんので、ご了承ください——

なんか天下取ったような気分になるなぁ。自然と鼻息が荒くなる。

「動画やSNSを観た人たちが楽しみにされているんだよねぇ」

ひさしぶりに舞台に立つ人がほとんどだし、お客さんたちもずっと自粛してたからエンタメに飢《う》えているのだろう。

ディスってくる人にかまっている余裕はない。お母さんたち、こんなに楽しみにしてくださっているお客さんのためにがんばらなきゃ嘘《うそ》だな。

◇◇◇

ワタナベ先生にロビンさんが相談している。

今日は、スタッフ会議の日。私とお母さんとロビンさんが、ワタナベ先生の東京の研究室に来ている。

東京キャンパスは、ビルが大学になっている。キャンパスというわりには、敷地や緑がない。関西にある本拠地は、丘の上にあり緑がいっぱいだったけどな。

先生の研究室には様々な機材があり興味深い……が、おかげで足の踏み場がない。

ワタナベ研究室の窓から東京の空を眺める。

ケイコおばちゃんの新しい病院はどのあたりだろう？　おばちゃんの病室から東京の空見えるかな？って思う。

ケイコおばちゃんが東京に転院することになった話をすると、お母さんは、

「ちょうどよかった。東京の病院なら外出許可もらえば、公演観にこられるじゃん」

と言っていたが、そういうことなのか？　おばちゃん、東京の病院じゃないと治せないステージになっちゃったということじゃないのか？

「私たちがどれだけ心配してもなんにもならないじゃん。それよりもよりよい舞台をつくることが、ケイコの応援になるんだよ」

お母さんはそう言うが、それでいいのか？　そりゃ、ウチたちがいくら心配しても仕方ないのかもしれないけど、それでも心配しちゃうのが人間なんじゃないの？

ケイコおばちゃんのご主人、感染リスクを恐れて車で東京→大阪→また東京と往復したのだそうだ。

電話でお母さん怒鳴ったのは許せないけど、それだけケイコおばちゃんのこと大切にしているんだね。そう言ったらお母さん、ちょっと微妙な顔になった。

「何が幸《さいわ》いして何が災《わざわ》いするか、ホントわかんないね」

この人は何を言ってる？

なんでもいいや。神様、お願いですからケイコおばちゃんの病気治してください。

◇◇◇

「今度の日曜日さ、映画観にいかない？　俺、座席予約するからさ」

昼休みに屋上でヒカルに誘われる。

「う〜ん、週末は東京でお母さんたちの稽古があるからダメなんだ」

「……ねえねえ、ちょっと確認したいんだけどさ、それっていいいいお母さんたちの稽古だよね？　サキが出るわけじゃないんだよね？」

「そう。ウチは病気でリタイアしちゃったおばさんの代わりにお手伝い」

「えー、手伝いで休日つぶすなんてありえない」

「それがありえるんだなぁ。一度引き受けたこと、途中で放棄したら人としてダメでしょ！」

「たまにはさぼっちゃいなよ。ここのところ、毎週じゃないか。今度だけ！　ね、ね」

「そういうわけにいかないの！　悪魔の囁《ささや》き、やめてよ」

「……ねえ、サキ。俺とお母さんの手伝いとどっちが大事なの?」

「くだらないこと言ってると、グーで殴《なぐ》るよ。そんなこと言ってる暇あったら、シャンシャンつくるの手伝ってよ」

「シャンシャンってなに? パンダ?」

「言うことが古いんだよ。これ」

つくった見本をスマホから見せる。

「えー、俺って不器用だからなぁ。つくれるかなぁ。……どこでつくるの? サキん家《ち》、行っていいの?」

聞かれてあわてる。

「あっ、お母さん感染すると困るから、家じゃダメだ」

「なんだよ。結局、ダメじゃんか。それって俺と会いたくない言い訳じゃん?」

うわー、めんどくさい。黙っていたら、

「わかったよ。もう会わない」

そう言って、ヒカルは屋上を去っていった。

いい。自分の彼女ががんばってるのに、支えてくれないような男はこっちから見限ってやる。

（ロビン、ヒメ、ポロの三人が、着替えのための衣装や小道具を抱えて下手《しもて》から登場）

ヒメ　まったくもう！　イヤになっちゃう！

ロビン　どうした、ヒメちゃん？　めずらしく怒ってるじゃない？

ポロ　ロビンさん、あれですよ。娘役のよくあるやつ。けっこう、あるあるですよ。

ロビン　娘役のあるある？

ヒメ　舞台稽古ってさ、初めて衣装つけて、カツラつけてくるじゃない。娘役の暗黙の了解として、上級生の方と、同じようなカツラになっちゃいけないのよ。だからそのとき、同じ場面に出ている上級生の方のカツラと、同じような形じゃないかどうかをさりげなく見るわけ。そりゃ、前もって探りを入れてカブらないようにしますよ。でもね、色や形がそっくりなのに遭遇することもあるわけですよ。

ポロ　そこでもう一つつくっとくんですって。舞台で上級生の方と重ならないように。

ロビン　えっ！　舞台で使わないかもしれないのに？

ヒメ　常識よ、娘役の世界ではね。で、今回同じのになっちゃったから、飾りだってカツラに合うように付け直してさ。そしたら、今日からまったく同じのに向こうもチェンジしてきたのよ。

ポロ　ああ、その上級生の方がね。……で、また変えたんですか？

ヒメ　お前は私と双子かっ！ちゅうの！……変えましたよ。それだけじゃないのよ。娘役は自分でカツラに合う飾りだって全部自分でつくるから、カツラが変わると飾りも、イチからつくり直すのよ。

ポロ　そうだね。相手の男役にどんなか聞きにくる娘役いるもんね。♪あなた好みの〜ってか。

ヒメ　娘役ってほんと大変なのよ。相手役の身長に合わせてヒールの高さまで変わるんだもの。（言い終わってハッとするがもう遅い）

ポロ　（背の低い男役として有名）……なんかゴメンなさい！

ヒメ　（バツの悪そうな顔で）……こちらこそ、なんかゴメンなさい。（この場の空気をふりはらうように）ともかく！　娘役は何かと大変なのよ。稽古着のレオタードだって学年によって決まりがあるんですよ。

ロビン　自分のお稽古着でしょう。好きなの着られないの？

ヒメ　着られませんよ～。下級生のときはノースリーブがダメとか、ちょうちん袖《そで》がダメとかチューリップ袖がダメとか。（何だか、『大変だ自慢』の様相を呈《てい》してくる）

ロビン　（なんだか悔しくなって言い返してしまう）そんなの、男役だってね、スターブーツってあるでしょ？　これこれ、こんな膝《ひざ》上まであるやつ。（チョモさんが履き替えるやつを指差して）これだってスターしか履けないとかね。私なんか一回も履いてないし。電気の容量の問題があるから、下級生はドライヤーなしでリーゼントつくれとか、けっこう大変なんだよ。

ヒメ　（負けじと）イヤイヤ娘役の方が、絶対大変ですって。

ロビン　……そうかもね。なんか娘役の方が深～い闇《やみ》を感じるよ。

ポロ　それより、昨日うまくいかなかったところ今日はがんばりましょ！

お母さんたちだって文句も愚痴《ぐち》も悪口も言っている。でも、ウチらと違うところは、お母さんたちはやるときはやるっていうのが徹底している。

カズコなんか、ウチと仲悪いから、中学のときから文化祭でも体育祭でも協力したことないよ。

それはウチも同じ、騎馬戦なんか真っ先にカズコの馬を倒しにかかっていた。

でも、お母さんたちは違う。どんなに文句言っていても、よい舞台をつくるために協力して献身的にがんばる。

お母さんなんかチョモさんが下を履き替えるときに、ふらつかないように、頭鷲《わし》づかみされてるんだよ。それでもいいものつくるためにがんばってる。

SNSで文句ばっかり言っているキモイやつら！　恥ずかしくないのかよ？

自分だけが正しいと思ってディスってくるやつら！　恥を知れってんだ！

いい。ウチはケイコおばちゃんの代役として全力でこの公演を最後までサポートする！

◇◇◇

二〇二一年十一月二十六日。いよいよ前日準備。舞台用語で〝仕込み〟と言うんだそうだ。

私とお母さんの泊まるビジネスホテルには、お手製シャンシャンの山。まだ少し足りないから、今晩もホテルに帰ったらつくらなければならない。幕が開いてもつくんなきゃダメだな。私はいつもこうだ。やんなきゃやんなきゃと思いながら、結局いつもギリギリまでかかってしまう。

仕込み当日。

ワタナベ先生は特に気負うことなく、研究室所属の学生さんたちを連れてきた。

私よりちょっと年齢が上のお姉さんたち。

私は、母親と同じくらいの年齢のおばちゃんたちとずっと付き合っていたので、何だかうれしい。

ワタナベ先生がウチのこと、紹介してくれる。

「まだ、高校生なんだよ」って。

へー、えらいねって感心されて、柄《がら》にもなく照れてしまう。

彼女たち（女子大じゃないのにお手伝いしてくれるのは、なぜか全員女子大生）もなんだか張り切っている。

そうだよなって思う。学生なのにプロたちが集まるところで勉強できるのだから。

「サキ、お昼、スタッフさんの分、どこかで買ってきて」

「お母さんたちの分は？」

「うん、演者《えんじゃ》は自分で調達になってるの。あっ、あなたは自分の分、買っていいよ。領収書を忘れずにね。あまり食べにくいものはダメよ。チャッチャッと食べられるものにしてね」

そんなチャッチャッていったい。ともかくお金を預かる。いったい何を買えばいいんだろう。

「お昼、何を食べたいですか？」

他のスタッフさんは忙しそうだったので、大学生に聞いてみる。

「全員分、買いに行くの？ 大変だねえ。一緒に行ってあげようか？」

なんて親切なんだろう。助かった。大阪の高校生に渋谷での買い物は、ハードルが高すぎる。

スマホで検索して、最寄りのコンビニに向かう。ペチャクチャおしゃべりしながら向かう。こういう買い出しは楽しい。

お姉さんたちに、いろいろ聞かれる。どうして手伝っているのか。高校卒業したら進路はどうなのかとか、うちの大学に来ないのかとかそんなこと。

「ねえ、照明さんってコワくない？」

「そうそう不機嫌なのよね」

どうしてそういう流れになったのか忘れたけど、なんかの連想ゲームで突然、照明さんの話になった。

ともかく照明さんが威張《いば》ってるのだ。プロっぽいというのとは違う、なんか上から目線みたいな感じ？　たぶん、ワタナベ先生率いる大学生プロジェクションマッピング部隊が気に入らないのだろう。トーシロ学生がオイラの縄張り荒らすなよオーラが、ひしひしと出ている。

仕込み後の場当たり稽古のときも、

「ここの場のきっかけは、こうしてほしい」

ロビンさんがダメ出しすると、

「あん？　ちょっと意味がわかんない。このきっかけでいいよ！」

演出家の意図があるのに、自分で決めようとする。

「申し訳ありません。それでは心持ちゆっくり目でお願いします。暗転《あんてん》早いとせっかくの役者の芝居が生きませんので」

せっかくロビンさんが演出意図を説明しているのに、ぜんぜん聞いちゃいない。

でもロビンさんが大人の対応をして、そのときは、別にケンカにはならなかった。

楽屋に戻ってきたお母さんが怒っている。

「演出がこうしたいって言っているのに、どうして言われた通りやってくれないんだろう」

「そうだよ。きっと女だからって甘く見てるんだよ」

次々とブーイングが起こる。

「まあ、威張らせておきましょうよ。マウント取ろうとするのは、この世界で生き抜くための戦略かもしれないしさ。照明あててもらえないと私たち、お客様から見えないからさ」

さすがロビンさんは大人だなぁ。でも私は権力をかさにマウント取ろうとする人、大嫌いだ！

「あのー、奥井《おくい》サキさん、いらっしゃいますか？」

客席の上段から声が聞こえる。照明、落としているので暗くて誰かわからない。

「えっと、どちら様ですか？　暗くてお顔がわからないんですけど……」

気を利《き》かせた劇場スタッフが、客席に立っている人にピンスポットライトをあててくれる。

強烈な光がつくる輪《わ》の中に、眩《まぶ》しそうに立っているのは……ヒカルだった。

「ヒカル！　あんた、何でこんなところにいるの！　県境またいで来ちゃダメでしょ！」

びっくりしすぎてそんなくだらないことを言ってしまう。自分のことは棚に上げて。

「大丈夫！　職域接種でワクチン、二回打ったから」

そんなぁ。私、まだ一回も打ててない。

「ワクチン打ったからって安全じゃないんですからね！　何しに来たのよ」

ケンカ別れしたばかりなので憎まれ口しかきけない。

「何ってシャンシャンつくるの手伝いに来たんだよ。来ても迷惑かからないようにワクチン打ったんだからさ。手伝わせてよ」

照れくさそうに、それでいて胸を張る。

チッ！　ヒカルのやつ、いいカッコしてんじゃねえぞ！

それまでポカンとしていたお母さんたちが、ヒューヒューとはやし立てる。

「ねえねえ、サキちゃんのカレシ。ヒカル君って言うの？　そんなところに突っ立ってないで、こっちおいでよ」

暗いから足元、段差気をつけてと言っているそばから、けつまずいて転んでるし。

そんなところで笑い取らなくていいんだよ！って言いながら真っ先に駆け寄る。

「すご〜い。愛の力はすごいね。サキ、この子絶対逃がしちゃダメだよ」

そう言ってお母さんたちもヒカルを取り囲む。

「家になんて言って出てきたの?」

「今日、どこに泊まるつもり?」

あーあー、おばさんたちに〝ゴンぜめ〟されて、ヒカルのやつ、すっかり怯《おび》えてるよ。

まったく、情けないなぁ。

第二場　満開の桜の下で　二〇二一年十一月

「サキちゃん、起きて！　そろそろ支度《したく》しないと」

ゆさぶられて目を覚ます。間近にヒカルの顔があり、びっくりして飛び起きる。

あたりには、昨夜二人でつくったシャンシャンが散乱している。

時計を見るともう八時だ。カーテンを開ける。うわぁ。太陽まっぶしい！　晴れてよかった。すがすがしい十一月の朝だぞ。

「ごめん。俺も、寝ちゃってさ。ちょっと残っちゃったね。今日、俺がんばってつくっておくわ」

ヒカルは、段ボール箱を組み立てては、シャンシャンの完成品を詰めている。

「あんた、ウチが寝てる間に変なことしなかったでしょうね?」

「……しとけばよかったな」

ヒカルが口を尖《とが》らせる。

そのとき、ドアチャイムが鳴った。二人ともビクッとなる。

チャイムが連打される！　ドンドンドンとノックも！

「サキ、起きろ！　開けて！」

お母さんだ！　ヒカルがパニクってクローゼットに隠れようとしている。バカ！　見つかったら余計まずいだろ！　堂々としていろ。

ドアを開ける。

中にヒカルがいるのを見て、お母さんがギョっとして立ち尽くす。

違うんだよ、お母さん、ウチら何も変なことなんかしてないよ。

「サキちゃん、ヒカルくん、おはよう～」

後ろからニヤニヤしながら入ってきたのはレイコさんだ。

「ヒカルくん、できている段ボール、車に運んで～」

レイコさんが車のキーを振ってみせる。

「ハイ！　おはようございます」

ヒカルが大あわてで段ボール箱を抱えて廊下に出ていく。

「サキ、私の部屋でシャワー浴《あ》びてきなさい。急いでよ。積みこみ終わったらすぐに出るからね」

「お母さん、あのね、ヒカルと一緒にシャンシャンつくってたら二人とも疲れてたみたいで、そのまま爆睡しちゃって……」

「わかってるよ。二人とも昨日と同じ服。しかも着衣の乱れはない。なんかあったら夕べとおんなじかっこしてるわけないでしょ」

なに、コナンの決めポーズとかしてるんだよっ！

ウチがシャワーを浴びて着替えているうちに、段ボールの積みこみは終わっていた。

昨日のうちに荷造りしておいたバッグを背負い、ロビーに降りる。

「じゃあ、サキちゃん、がんばって。俺、残りつくっとくからさ」

「えっ、ヒカルくん一緒に来ないの？　本番、観にくるんでしょ？」

お母さんが驚くも、

「いいのいいの、どうせチケット完売してて席もないし、途中で寝ちゃったから、まだシャンシャンつくんなきゃなんないし」

ヒカルにルームキーを渡し、シャワー浴びていいよと伝える。

「そう。じゃあ、お姉さんがヒカルくんにいいものをあげよう」

レイコさんが、ホットコーヒーと美味《おい》しそうなサンドウィッチをハイ！ってヒカルに手渡した。

ウホって、ヒカルがゴリラみたいな声を出して受け取る。

「いいなぁ」

ウチがうらやましがると、

「サキちゃんは車の中で食べて！　時間ないから」

レイコさんが冷たく言い放つ。みんなヒカルには甘く、ウチには厳しいなぁ。昨日なんかウチら、コンビニおにぎりしか食べてないんだよ。

「それから、ヒカルくんのゆうべの宿泊費も、お姉さんが支払っておいたよ。もし、今日も連泊するつもりなら、お昼頃までにここに連絡して。アーリーチェックインできるようにしておくから。お母さんにも必ず連絡しておきな」

レイコさん、自分のこと『お姉さん』と言うのはちょっと引くが、名刺を受け取ったヒカルと二人してありがとうございますと頭を下げる。

「おめでとうございます」

あちこちからご挨拶《あいさつ》の言葉が飛びかう。

ロビンさんが、

「初日、おめでとうございます」

とウチにだけ、ポチ袋をくれた。

うわ～い。ありがとうございますとトイレに入って中身を確かめる。

えっ、こんなにたくさん？

『また、ご縁がありますようにって、大入り袋には五円玉を入れるんだよ』

昨夕《ゆうべ》、チケット完売しているからって、お母さんに言われて、大入り袋の準備をした。スタッフさんもボランティアの大学生さんたちの分も。

お母さんに言われて銀行に両替に行った。

五〇〇円を全部五円玉にしてもらう。

五円玉、一〇〇枚ってけっこう重い。

一枚一枚、感謝の気持ちをこめてポチ袋に五円玉を入れた。

昨日遅くまでヒカルとホテルでつくったシャンシャンを、客席に並べなければならない。

客席に入ると、チョモさんが一人でダンスの確認をしていた。邪魔にならないように、他のファンクラブの人に手伝ってもらって並べる。

「ああ、ご苦労様」

気づいたチョモさんに声をかけられる。

「チョモさん、まだ確認ですか？　メイクとか衣装とか大丈夫ですか？」

「うん、私、途中から参加したから、ちゃんと確認しておかないと迷惑かけちゃうからね。ギリギリまでやらないとね。後悔するの嫌だし、お客さんにも悪いからね」

さすがです。

皆さんが手伝ってくれたおかげで早く並べることができた。ありがとうございます。助かりました。

お客さん、シャンシャン、気に入ってくれるかなぁ。早くこれ使って『三方礼』やるところ見たいよ。

今回はロビーが狭いので、お祝いのスタンド花はご辞退することになっている。なんかさみしい気がして、にぎやかしで、ポスターをいっぱい貼《は》ることにする。

上の方、手が届かないと思ってジタバタしていたら、ひょいとミユキさんが代わりに貼ってくれた。

長身でかっこいいな！　ナイトみたい。

もうメイクも終わっていて自分の元ファンクラブの代表さんと何やら打ち合わせ。

メンバーの元ファンクラブの人たちが、忙しそうにチケットの確認をしている。みんな、張り切っていて楽しそう。

お母さんのファンクラブはケイコおばちゃんだけ参加だったからな。ウチががんばんなきゃ。

開場まで、まだ三十分もあるのに、受付でレイコさんがお客さん（？）ともめている。白髪《しらが》頭の気の強そうなマダム。

いったいどうした？

「私のこと知らないなんてあなたモグリね。タックなんてずっと下級生じゃないの。あなた、リラのこと知らないの？　私、リラのファンクラブの元代表。リラのお付きのトモミンって言ったら、みんな知ってるわよ。あなたたちぐらいのランクで、チケット完売、当日券がないなんて、そんなバカなことあるわけないじゃないの。もったいぶってないでさっさと出しなさいよ、買ってあげるから。一時間も前にわざわざ来てるんだからさ」

ずいぶんなことをおっしゃるおばあさんである。

「えっ、本当に完売。完売したならもっとちゃんと告知しなくちゃね。わざわざ私、遠くから来てるのよ。それなのに観られないってどういうこと？　あなた、なんていうお名前？　レイコさん？　タックのところの代表よね？　私に粗相《そそう》したことがわかったら、あとでロビンに叱《しか》られるわよ。そうだ、ロビンここに呼んでよ。ロビンだったらすぐに座席用意してくれるわ」

「演者《えんじゃ》は楽屋で出演準備をしておりますので……」

さすがだ。微笑《ほほえ》みながらレイコさんは、クレーマーをあしらっている。ウチの姿を見てレイコさんは目くばせする。

うわー、この人がトモミンさんなんだ。なんか想像していた通りの人でウケる〜。

「チケット完売のお知らせもそこに掲示してあるポスターに……」

「そんな入口にあったたって、ここまで来なくちゃわからないじゃないの。私、大阪から来てるのよ」

「私どものサイトにも、完売御礼のお知らせをのせてありますし……」

「そんなあなた、私、いくつだと思っているの？　もう高齢者よ、ワクチンだってとっくに打てたのよ。そんなおばあさんにインターネットとか言われてもね。今の人たちってファンに対する親切心がないのかしらね。私はね、下級生の公演なんて全部顔パスなんですからね。にもかかわらずチケット代はお支払いするって言ってるの！　ロビン、呼べないんだったら、私が楽屋に行くわ。ロビンはいい子だったから、何でもわたしの言うこときくわよ。ともかくロビンに会わせなさい。あなたじゃ役不足なのよ！」

「いえいえ、感染予防の観点から楽屋にお通しするわけにはまいりません。それに、トモミン様、ご謙遜《けんそん》がすぎますよ。インターネットが使えないなんてご冗談を。なかなか毒のあるコメントをあちこちでなさっていらっしゃるじゃありませんか。お年のわりにはなかなかどうして、たいしたものだと思いますよ」

全部わかってるんですからねと、にっこりレイコさんが笑う。おーこわっ！　この人ぜったい敵にまわしたくない。

「何を証拠にそんなことを！　私が書きこみしてたっていう証拠でもあるの！　名誉毀損《きそん》で訴えるわよ」

トモミンさんは、ブルブル顔をふるわせ、怒りで今にも卒倒《そっとう》しそうだ。

「証拠はありますよ！」

静かに凛《りん》とした声が響く。

あっ！　ケイコおばちゃんだ！

車椅子《くるまいす》に乗ってこちらに近づいてくる。

ウチのあげたニット帽を被り、点滴をつけたまま、人ごみを割って傍《そば》までやってくる。

「証拠は役不足という言葉です。トモミンさん、間違って使っていますね。役不足というのは、本来、その人の実力に比べて役の方が軽いときに使うんですよ。トモミンさんが言いたいことは、逆の実力以上の役のときですよね？　そういうときには、正しくは、力不足って言うんです。トモミンさんがいくらアカウントを変えて別人になりすましても、役不足と言われるたびに、ああ、またトモミンさんがディスってきたねって私どもは思っておりました。公演前から失敗を願っているような方に、私どもの全身全霊をかけたパフォーマンスをバカにされたくはありません」

「……ふん、何よ。なに、名探偵気取《きど》ってんのよ。あんたなんかバチがあたってそのざまじゃない。なに、病気？　コロナじゃないでしょうね。あんた、死相が出てるわよ！」

取り囲んでいた人々がびっくりして息をのむ。とんでもないことを言うおばあさんである。ウチが怒るより早く、車椅子を押してきた男の人が気色《けしき》ばんで怒鳴った。

「あんたねぇ、言うに事欠いて、うちの妻に死相が出てるなんて縁起《えんぎ》でもないこと言うんじゃねえよ！」

「あなた、申し訳ない。この人と対決するのは私の役目なの」

ケイコおばちゃんが旦那《だんな》さんを制して、トモミンさんに向き直る。

「レイコさんが役不足なんてとんでもない。この公演に関わっているすべての人が、私は愛《いと》おしいんです。私は、こんな体になってしまって自分でも残念なんですけど、それでもこの公演は誰にも邪魔させないという決意でおります。カンパニーのメンバーに悪意を持っている人間を、私は体を張って阻止《そし》いたします。どうぞお引き取りください。今日の公演は楽しみにしていらした人のものです。わざわざ彼女たちの粗探《あらさが》しに来た方をお通しするわけにはまいりません。どうぞお引き取りください」

気迫のこもった命がけの言葉にトモミンさんはひとことも言い返せない。わなわなふるえているが、まだ動こうとはしない。いや、動けないのか？

警備員さんを呼んできて外に連れていってもらおうと思った、そのとき、

「あら、だれかと思ったらトモミンじゃない。ひさしぶりねぇ。なに、大きな声出してるのよ」

「リラさん！」

トモミンさん、ケイコおばちゃん、レイコさんの三人が同時に叫《さけ》ぶ。

リラさん？　この人が？　あのレジェンド？　ロビンさんですら恐れているという？

いよいよラスボスの登場なのか？

「皆様、ご無沙汰《ぶさた》してます。ちょっとトモミン、あなた、何してるの？　まさか、またわがまま言っているんじゃないでしょうね」

トモミンさんはさっきまでの勢いはどこへやら、バツが悪そうな顔をしている。

「いや、そんなことないのよ。当日券がないとか言われるから」

「あらぁ、あなたチケットないのぉ。私なんかもう楽しみで楽しみで、発売されたらすぐ申し込んだわよ。お金もちゃんとすぐにお支払いして、プラチナチケット取れてうれしか

ったわぁ。……ところでチケットもないのにあなた、なぜ来たの？」

「いや、リラの顔パスで入れるかと思って……」

「あらぁ、あいかわらずバカね。そんなことできるわけないじゃないの。もう私たち歌劇団やめてどれだけ経つと思ってるのよ。楽しみになさっている方々のお邪魔になるから、もうあなた失礼したら？」

「でも、大阪からせっかく来たんだから……」

「あなた、東京に引っ越したんでしょ？　ずいぶん前に。ちゃんと知っていますよ。住んでいるの、確か駒場《こまば》でしょ？　ここから目と鼻の先じゃない。私こそ、大阪から来たのよ。さっきご一緒だった方は、九州からですって。ずいぶん遠くからもいらっしゃっているのよ。ねえ、皆さんずっと楽しみにして前々から準備されてるの。そんな皆さんのお邪魔するようじゃダメよ。もうまもなく開場じゃない？　ああ、お付きの皆さん、お仕事のお邪魔をしてごめんなさい。じゃあね、トモミンまた近いうちにね」

リラさんは、もうトモミンさんには声をかけない。ケイコおばちゃんとその旦那さんの方を向いてなにやらお声をかけている。すっごい迫力。やはりラスボスだ。

トモミンさんは、その場に立ちすくんでいたが、やがてすごすごと帰っていった。自業《じごう》自得《じとく》とはいえ、少しかわいそうになる。

トモミンさん、あれだけお母さんたちのこと、ディスっていたのにどうして観にこようと思ったのだろう？　ファン心理ってよくわからない。

開場三十分も前から気の早いお客様が並びはじめる。その中に、車椅子のおばあさんがヘルパーさんらしき人とお見えになっている。

ヘルパーさんと目が合うと、彼女は車椅子を押してこちらに向かってくる。

「あのぉ、まだ開場していないのですが……」

おそるおそる声をかけてみると、なんとロビンさんのお母さまだった。

お母さんからくれぐれも粗相《そそう》がないようにと言いつかっている。

「どうしても早く行きたい早く行きたいとおっしゃるので、申し訳ありません」

並んでいる他のお客さんの手前、どうしようかと思う。仕方がないので楽屋口の方からご案内する。

「お手洗い混んじゃうので、先にすませてくださいね」

ニコニコしながら、

「ご親切にどうもありがとうございます。あなたはどなた？」

と聞かれる。

「私、ポロの娘です」

ウチとは言わない。TPO大事。言葉の使い分け大事。

「あー、ポロさんの！　よく似てらっしゃるわぁ。あなたも今日、お出になるの？」

「いえいえ、ただの手伝いです」

苦笑する。

認知症がずいぶん進んでいるから気をつけてあげてとお母さんは言っていたが、よく話も通じるし、あまりそんな感じはしない。

ひさしぶりのロビンさんの舞台だから気分が高揚して、普段よりお元気なのかもしれない。

いよいよ、客入れがはじまる。

「おまたせしました。ただいまから開場いたします」

自分でもびっくりするくらい、大きな声が出た。

今回の公演では〝もぎり〟はできない。感染リスクを避けるためチケットは、お客様ご自身でもぎっていただき、箱に半券を入れていただくことにした。そして、席番号を見せていただき、お通しするというシステムになっている。

ケイコおばちゃんがニコニコしながら再度登場。

「あっ、主人です」

紹介される。

お母さんを電話で怒鳴っていた人。でもね、うらみつらみはもう言いっこなしだよ。

「本日はありがとうございます。ようこそおいでくださいました」

余計なことは言わずにご挨拶する。

いったん受付をタックさんのファンクラブの方にまかせて、車椅子席にご案内する。

ロビンさんのお母さまとヘルパーさん、それからケイコおばちゃんとご主人で、四席全部埋まる。

「あー、シャンシャン。素敵にできたねぇ。こんなにつくるの大変だったでしょう。私が本当はつくらなきゃいけなかったのにホント、ごめんね」

「えー、学校ずっと休みだったから、全然平気ですよ〜」

つい見栄《みえ》をはってしまった。本当はすっごく大変で、もう投げ出したくって、今日の分はなんとかなったけど、明日の分はまだできてなくって、今日もホテル帰ったらつくんなきゃいけなくって、実際、今だってホテルの私の部屋では、ヒカルが一生懸命つくってい
て……。

頭の中、ぐるぐるまわる。

あー、ウチ、ホントダメな人間だ。ケイコおばちゃんに託されたのに、中途半端《ちゅうとはんぱ》な仕事しかしていない。

「みんな、これ持って踊るんでしょ？　楽しみだなぁ」

シーッ、ネタバレになっちゃいますよ。内緒内緒。

その間、旦那さんは穏やかな表情をしていた。

「さっきは、びっくりしましたね」

思い切って話しかけてみる。

「はい。あんなに興奮すると、また体に障《さわ》るんじゃないかと気が気じゃなかったです」

ケイコおばちゃんのこと、大切に思ってるんだなあ。

でも、最後の思い出づくりに来ましたとか言うんじゃないだろうな。ケイコおばちゃん、今日の公演観て元気になってもらわなきゃ困るよ。

「イチカさん！」

ケイコおばちゃんが、驚いた声をあげる。

体調不良でメンバーから離脱したイチカさんが客席に現われたのだ。

「ケイコさん、ごめんね。ご迷惑をおかけしました」

「もうよろしいんですか？　よく来られましたね」

「なんとしても来なきゃと思って、ちょっと必死で」

病人が病人の心配してるよ。

お母さんにＬＩＮＥしなきゃ。

――ケイコおばちゃんお見えになった！　あとイチカさんも――

――よし、がんばる――

即レスだ。おばちゃんが本当に来られるかどうか気にしてたんだろう。メイクとか、お母さん、ちゃんとやれてんのか？


Twitter で「#うちらまだ終わってないし」で検索すると、

『青春時代がよみがえるよ～　足ふるえる』

『ＯＧが客席ご案内。なんてゼイタク！』

ツイートが跳ねている。

――奇跡の共演　時空を超えて――

――先生の舞台観にきました～　もうドキドキワクワク――

――ＯＧいっぱい！　どうしよ～　足ふるえる――

ロビーでひときわ大きな声を出している一団が。

よく知らないが大勢のOGが訪ねてくる。

みんなキャー、ひさしぶり～とかやってるけど、開演時間迫ってるぞ。早く客席行って！

舞台監督に客入れ終了の合図をする。

ウチも上手袖《かみてそで》にスタンバイする。

場面が終わった後、ベンチを片付ける役目をおおせつかっているのだ。

それから演者さんたちの着替えの手伝い。『ちびトップ』のときに引幕《ひきまく》もしなければならない。

お母さんたちは昔とった杵柄《きねづか》とやらで、なんとかなるだろうけど、こっちはずぶのシロウトだし。うわー、急に心配になってきた。

ダイジョウブ？　ホントに大丈夫なのか、ウチ？

◇◇◇

上手からロビンさんが、ゆっくりと登場する。

盛大《せいだい》な拍手が起こる。

「皆様、ようこそおいでくださいました……」

ご挨拶と、舞台のちょっとした説明がはじまる。

「客席には懐《なつ》かしいＯＧの顔が」

お客さんたちは客席見まわしてキャーキャー言っている。

「ワタクシ、なんか急に緊張してまいりました。コロナ騒ぎもようやくひと段落し、私たち演者はみんなワクチンも打ち、なんとか今日という日を迎えることができました。本当は一年以上前にやるはずだったんですよ。一年半も延期してしまい、本当に申し訳ありませんでした。さあ、ここで私がグダグダいつまでもしゃべっていると、リラさんにさっさと引っこめって言われますから」

とたんに「ロビン様、お引っこみあそばせ！」と客席から声がかかった。

ドッと笑いが起きる。どうやらお約束らしい。

リラさん、やっぱりちょっとこわい。

「思っていたよりえらく上品なお声をいただきました。今回はお客様参加型のバラエティーショーでございます。どうぞ積極的なご参加をお願いいたします。ショーの最後に行なわれる三方礼《さんぽうれい》と、本当に本当に簡単なダンスを皆様と一緒に踊れたらいいなって思っております。三方礼のやり方を助《すけ》っ人《と》の二人を呼んで練習してみたいと思います。チョモ、タック！」

「は～い。こんばんは～」

元気よく上手からチョモさん、下手《しもて》からタックさんが舞台に出ていく。手にはシャンシャンを持っている。

「皆様のお座席にひとつひとつ置いてありましたよね？　これはシャンシャンと言います。ん？　どこかで聞いたことありますね。パンダちゃん？」

「チョモさん違いますよ～。それに古いですよ～」

お客さんの反応が温かい。チョモさんもタックさんもやたら明るいので好感度バツグン。

本当はイチカさんがやるはずだった役を、チョモさんが代わって行なっている。チョモさんは安定感抜群。タックさんとの息もぴったり。

客席で観ているイチカさんはどんな気持ちなんだろう？　なんかいいスイッチが入って元気になってくれればいいな。

「このシャンシャンは、今、客席におられる、私たちの同志、島田ケイコさんとポロのお嬢さんが毎晩、夜なべ仕事でつくってくれました。手作りでございます」

チヨモさんが、♪ケイコさんが～よなべ～をして～♪とBGMのように歌い、ヨヨヨと泣き真似《まね》をしてみせる。

客席から笑い声と拍手が起きる。

うれしいなぁ～。ここからは姿が見えないけど、きっとケイコおばちゃんも喜んでるよね。

「……それでは、練習してみましょう。おみ足の悪い方以外は、ぜひ立って練習してみましょう……」

みんな立ってくれなかったらどうしよう。サクラをつくればよかった。率先して立ち上がってシャンシャン練習してくれる人いるかなぁ。身内は立ってくれるだろうけどなぁ。誰か男性、サクラになってくれないかなぁ。……なんてみんなで心配をしていたのだが、

「おー、あちらの男性が率先して立ち上がってくれました」

袖幕の陰から客席を見ると、ケイコおばちゃんの旦那さんが真っ先に立ち上がってくれている。

びっくりする。あんなにうちのお母さんのこと怒ってたのに。なんかウルウルしてきちゃう。ダメダメ！　まだ舞台はじまってもいないんだぞ。もう感極《かんきわ》まってどうする。

「あっ、OGの皆さん、みんな立ち上がってますね。演出家の先生たちまで！」

へー、演出家の先生たちもいらしてるんだ。お母さんたちすごいね。ロビンさんの初作・演出作品がよっぽど注目されているのか、どっちだろう？　たぶん両方。

「まず、リボンをこう持って、お花を突き出して。♪上手のお客様、ありがとう♪っておじぎです」

「ほら、OG、間違ってるよ！」

「あー、柴崎《しばざき》先生、方向違いますよ。がんばってください」

演出の先生、いじられているなぁ。みんな笑ってるよ……でも、すっごくあったかい。みんな笑って笑って。今日は我慢しなくていいんですよ。

前は普通だったことが、今はこんなにありがたいなんて。

お客様が総立ちでシャンシャンを振っている様子はホント壮観《そうかん》。

まるで満開の桜がゆれているみたい。

すごい、すごいよ。ねえ、ケイコおばちゃんすごいねぇ。

ウチたちのつくったシャンシャン、まるで桜の森みたいだねぇ。

あっ！

今、気が付いた。

おばちゃん、車椅子に座ったまんまだ。

立ってない。じゃあ、このすごさ、わかんないじゃん！

あー、もったいない、もったいないよぉ。

これ客席からだとこのすごさ、よくわかんないだろうな。それにケイコおばちゃん座ってるし。……なんとかケイコおばちゃんにも見せたいな……。

「……それでは、これから本編をはじめたいと思います。後ほど写真撮影タイムを設けますので、それまでは携帯電話等の電源はオフでお願いいたします」

ロビンさんが開演前の注意をお客さんにしている。

そうだ！　いいことを思いついた。

写真撮影タイムのときは、私はフリーになる。その時間を利用して照明室まで走って……。

いや、今は自分の仕事に集中しよう。あとでまた考えよう。

さあ、開演だ！

第一場は「音楽学校受験」三十年前。音楽学校最終試験日の場面からはじまる。

音楽学校受験会場。

カーロ・ミオ・ベン　♪ママママママ♪

「四十八番、はじめて」

「一六八センチ。二回目」

「一六六センチ。四回目」


あちらこちらから受験生たちの歌や面接の声が聞こえてくる。

お母さんがジャージ姿でウロウロ出てくる。

キャー、なんか恥ずかしいなぁ。

ずんぐりむっくりがやけに目立つ。お母さんは他の人みたいにスラっとしてないからなぁ。本当に昔、男役だったの？って思っちゃう。

上手のベンチには、同じくジャージ姿のヒメさんが座っている。

ヒメさんは、なんかシュッとしているんだよね。お母さんみたいにダサくはない。

お母さんとヒメさんのジャージ姿に、お客さんは大喜びである。

OGのダサさ加減がツボなのだろう。

舞台メイクをしたお母さんは、私によく似ている。

だいたい、着ているジャージだって、ウチが中学のときに使っていたやつだし。胸のところにウチの名前、ついてるし。

でも体形はウチのほうが勝ってるし。ほんまもんのＪＫにはかなわないよ。お母さんのジャージ姿は、……えっと歴史の教科書に出ている……なんて言ったっけ？　そう『土《ど》偶《ぐう》』だ。あれそっくり。

発声練習をしている受験生たちの声が聞こえる。自分の受験番号を発声練習代わりに大きな声で唱《とな》えている人。課題曲の練習をする声。ウォーミングアップ体操をする音などが、舞台袖から聞こえてくる。

ポロ　　あの隣に座ってもいいですか？

ヒメ　　えっ？　はい、どうぞ。

ポロ　　（ヒメの隣に座って）　あのぉ、緊張しますね。

ヒメ　　ええ。

ポロ　　私、親友と一緒に受験するはずだったんですけど、気の毒に彼女、病気になっちゃって。

ヒメ　　それは、お気の毒でしたね。

ケイコおばちゃんのことだ！　口の中にちょっと苦いものが広がる。さほど気の毒そうでもなく、うわの空でヒメさんは応《こた》えている。そりゃ、そうだ。みんな自分の人生を懸けてここに来ているのだ。ライバルの親友の話なんかどうでもいい。

ポロ　（不安のあまり、まくしたてる）みんなすごく綺麗でスタイルもよく、堂々としていて、自分がこんなところ来ちゃっていいのかって思っちゃいますもん。

誰もが自分よりキレイでうまくて才能があるように見える。ウチなんかいっつもそう思っている。学校にいると不安で仕方がない。みんなウチより頭がよさそうで自信たっぷりに見えちゃうんだ。

ポロ　さっき同じグループで面接の試験やった人、あの人、絶対受かるんだろうなって思いましたもん。お知り合いの方とかいます？　私、受験コースとか行ってなくて、みんなおそろいのジャージとか着ていてすごいですよね。……募集要項に「容姿端麗《ようしたんれい》にして」ってあるじゃないですか？　私、あれググってみたんですよね。そしたら「顔やスタイルが整い、美しい様《さま》」って書いてありました。なんか人によって美的感覚とか違うし、公演パンフレットなんか見ると「エッ⁉」って思うような人だっているし。目とか鼻とかチョンチョンってさっぱりした人の方が、舞台メイクって映《は》えるんじゃないかって思うんですよ。

緊張すればするほど饒舌《じょうぜつ》になっていく大阪のおばちゃん。お母さんは役その まんま。地《じ》ですもんね。そりゃ、リアリティーがあるわ。

ヒメさんは、そのお母さんがうっとうしいって様子がよく出ているなぁ。実際、試験会場であんな風にからまれたら迷惑だろうなぁって思うし。

音楽学校の制服姿で、ミユキさんが登場した。

客席が息をのむ！……のがわかる。

なんてステキなんでしょう！というのが、みんなの心の声。絶対にそう！

音楽学校の制服って、かなり地味《じみ》なのに、ミユキさんが発しているこのスターオーラはどうよ？

それに、それに、アラフィフのミユキさんが十代の頃の制服が着られるなんて、すごいなぁ。すごすぎるやろ。

ポロ　あの生徒さん、スラッと背が高いから、きっと男役になるんだろうな。……私、絶対受かって、トップ男役になります。

ヒメ　……すごい自信ですね。

ポロ　バレエの先生に、あなたは、根拠のない自信を持っているところが素晴らしいと言われましたもん。（なぜか誇らしげ）

ヒメ　私はダメです。みんな自信があって堂々としていて場違いなところに来た感じです。

ポロ　本当は私も……。

お母さんはトップスターにはなれなかった。でも、この時点では、受験生たちはみんな自分は合格して、トップスターになるんだって思っているんだろうなぁ。

先ほどのすらっとした、ミユキさん演じる上級生が再度登場する。

六五〇番から六七〇番の人、次はバレエの試験です。試験会場に入る前にレオタードになります。

(前奏が入りこむ)

ひたいを隠さないようにしてください。前髪が下りている人は上げてください。

試験会場に入る前に、次はレオタードになります。

ああ、病気さえなければケイコおばちゃんもこの場にいたはずなのだ。いったい今、どんな気持ちでこれを観てるのだろう。

上級生役のミユキさんを中心に、ジャージ姿のヒメさんとお母さんが歌い踊る。

ミュージカル『スカーレット・ピンパーネル』の中の『ひとかけらの勇気』の替え歌。

受験で不安な気持ちを乗り越えてキゼンとした姿で、難関に立ち向かっていくという内容だ。

♪誰でも同じ　心の中に　不安な気持ち隠している。
努力が実り　合格できる。　一人悩み　流す汗は　無駄じゃないから。
凄いライバル現われても　神は見逃しはしない。
ひとかけらの　勇気が　君にあるかぎり♪

間奏の間にお母さんとヒメさんがパイプ椅子から立ち上がり、ミユキさんのバックで踊りはじめる。

♪誰でも同じ　この試験から　不安な気持ち消えはしない。
弱い心が　つくった壁を打ち砕く　そのときは今だ。
夢をあきらめはしない。
ひとかけらの　勇気が　君にあるかぎり♪

(間奏)

ミユキさん、ヒメさんとデュエットダンス。お母さんとも踊る。三番は交互にデュエットダンスをしながら歌う。

♪ダンスに声楽　姿勢と笑顔
あまたの苦難　乗り越えて
たとえこの身傷つけようとも　僕はゆく　夢のために
ひとかけらの勇気が　君にあるかぎり♪

万雷《ばんらい》の拍手が起こる。
しかし、ロビンさんの演出は、のんびりと余韻《よいん》に浸《ひた》っている暇《ひま》はない。スピーディーに次の展開が待っている。

ミユキ　（二人に気が付き）あらぁ、やだぁ、ひさしぶり元気？（と歩み寄っていく）
ポロ　（自分のことかと思い、迎えにいくがミユキにスルーされる。照れ隠しに変な体操をはじめる）

ミユキ　（ポロは眼中《がんちゅう》になく、ヒメに手を差しのべる）今年受けるんだね。緊張してる？　大丈夫よぉ。何かあったら何でも言ってね。（と、二人で上手に退場する。取り残されるポロ）

（ポロ、一人になり、意を決したように『ひとかけらの勇気』を歌う）

♪ダンスに声楽　姿勢に笑顔　あまたの苦難乗り越えて
新しい世界目指して　くじけない　夢のために
ひとかけらの勇気が　私にあるかぎり♪

ミユキさんがヒメさんと一緒に、上手にはけていく。

一人残されたお母さんは勇気をふりしぼって、『ひとかけらの勇気』を歌い、ジャージを脱ぎ捨て、レオタード姿になって舞台後方に歩いていく。

舞台奥のホリゾント幕には、プロジェクションマッピングで重厚な扉《とびら》が描かれ、お母さんが歩いていくと、扉が開く。その奥にお母さんは消える。

客席から大きな拍手が起きた。

暗転《あんてん》する。

あっ、そうだった。ベンチ、片付けなければならない。

なんとか忘れずにできた。

邪魔にならないところに置いておく。

舞台監督さんに、にっこりされる。

良かった。ウチ、ちゃんと役に立ってる。

次は、「恐怖の自主稽古」の場面。

BGMが流れる中、「きょ〜ふのじしゅげいこ〜」とおどろおどろしいナレーションが入る。

「タック〜！タック〜！」と叫びながらロビンさんが登場する。

うわぁ〜、いよいよはじまっちゃったよ。お母さんの苦手なやつ。今日はちゃんとできるかな？

チョモさんのひとりごと。

「振り固めは、午後一時からなのに自主稽古の集合は十時。三時間も前か」

お客さんに下級生になればなるほど、集合時刻が早まることを説明する。

「ポロ〜！　ポロ〜！」

いよいよお母さんの出番だ。

お母さんは、歌はうまいんだけど、ダンスがなぁ〜。よくあれで男役やってたよ。

案《あん》の定《じょう》、何度教えてもらってもできないお母さんは、チヨモさんに、

「ヘタクソ！」

と怒鳴《どな》られている。

「ちゃんとできないとリラさんに叱られるぞ！」

アドリブを言うと、

「本当にこわいぞ！」と客席から大きな声が。

他のお客さん、みんなびっくりして大笑いしている。

私だってびっくりだ。リラさんおもしろ〜い。客席で目立ってるよ。

お母さんから、最後、ミユキさんへ。

「明日、八時から自主稽古」

「えっ、八時から？」

「そう、八時から。何回言わせるの！」

「はい。すみません」

ミユキさん従順。さすが最下級生。

お母さん、ダンスへたすぎてうまく伝えられない。

「もう、早く来ないから忘れちゃったじゃないよ」

八つ当たりもたいがいにせえよ。

「こういうのと、こういうのと、……それから私のはねぇ」

「私の？」

お母さんもうメチャクチャ。

客席はお母さんの動揺とキレ具合に爆笑である。

「ちゃんと伝えておいて」

お母さんが退場しようとすると、

「えっと八時からでしたよね」

ミユキさんが後ろから声をかける。

「そう！　八時から！　何回も言わせないで！」

「すみませんでした。ありがとうございました」

キレ気味にお母さんは退場する。ＯＧたちは、みんな、大笑いしている。

ひょっとしてお母さんはキレキャラだったのか？

ナレーションが入る。

「こうして下級生になればなるほど、自主稽古の時間は早まっていくのだった」

「何時になるの〜！」と最後にミユキさんが叫んだところで暗転。

ホリゾント幕にきれいなパープルの照明が入る。

ピンスポットに照らされてタックさんが出てくる。

曲は、『フライ・ミー・トゥ・ザ・ムーン（私を月に連れてって）』

タックさん、歌うまいなぁ。聞きほれちゃうよ。と私が思っている間も、舞台袖や楽屋通路は行きかう演者と、お手伝いのファンクラブの人たちで戦争状態。

他の出演者は着替えたり小道具を持ったりして、次の場の準備をしなければならないのだ。

息つく間もなく「スター早着替え」の場面へ。

も〜う、手に汗にぎっちゃうよ〜。

通しリハーサルでは、間奏のあいだに着替えられなくて失敗だったしなぁ。

本番、大丈夫かなぁって、固唾《かたず》をのんで見守っていた。

『ステッピン・アウト』を歌い踊りながらチョモさんが下手に走ってくる。

衣装を用意し、待ち受けるお母さん、ロビンさん、ヒメさん。

駆けこんできたとたん、チームワークよろしく次の衣装に着替えさせる。

まずロビンさんが上着を脱がし、そのすきにお母さんが手伝ってチョモさんがスタープーツとサスペンダー付きのパンツを脱ぐ。それを安全な場所にヒメさんが払う。

新しい上着をロビンさんが着せ、ヒメさんがサポートしつつチョモさんが自分で替えのパンツを履き、サスペンダーをつける。その間、バランスを崩さないようにチョモさんはお母さんの頭を鷲《わし》づかみにしている。

その姿を見てると、ウチはお母さんがちょっとかわいそうになってしまう。

すごい！　ものすごい早さで着替えて楽々間に合った。

着替えたチョモさんがセンターで歌いだすと……大拍手！

よかったー。成功！

でも、まだ気をぬいちゃダメだ。もう一回ある。

歌い終わってチョモさんが駆けてくる。

舞台上でもう一回ナマ着替え。

今度も余裕である。

「あつい、あついよ～。お水ちょうだい」

チョモさん、甘えて、小芝居。

「はい。お水どうぞ」

上級生のヒメさんが、かいがいしくチョモさんのお世話をしているのが新鮮なようで、客席がざわついている。

甘えモードだったチョモさんが、着替え終了してさっそうとステージに戻って歌いだすと、すっかり二枚目に変身。

その落差に、大きな拍手が。

『レ・ミゼラブル』の名曲『ワン・デイ・モア』のメロディーにのせて、「組替えジプシー」。

スクリーンに映写される歌詞が、静止画じゃなくて曲に合わせておどってる。

おどる、おどる、おどる！

歌を聴きながら、そのおどる文字を目で追い、お客様は大喜びである。

ブラヴォーという掛け声もかかる。

プロジェクションマッピングをつくってくれた大学生のお姉さんたちもきっとうれしい

だろうなぁ。

さあ、次はいよいよウチの大仕事の番だ。

お母さんの0番《ぜろばん》である「ちびトップ」がはじまる。

♪それは　ち、ち、小さいトップスター　ちびトップスター（タック）

それは誰もが認めるトップスター　けれど　ちびトップスター（チョモ）

相手役のヒールはペッチャンコ　ちびトップスター（タック）

それを支えるまわりは大変（チョモ）

YOU（タック）

YOU（チョモ）♪

お母さんが、幕で自分を隠しながら登場する。

舞台中央で幕にスポットライトがあたる。

ほかのメンバーは膝《ひざ》立ちで幕に向かって手を差しのべる。

ジャジャジャジャーンのきっかけで、幕についているロープをウチが一気に引く。

幕が引かれると、すごいリーゼント姿のお母さんが決めポーズで現われる。

大爆笑！

うまくいった。

お客さんはヒューヒュー言ってよろこんでいる。

そのまま、みんなで背の低いトップスターに気兼ねしながらのダンス。

最後の決めポーズで暗転。

◇◇◇

パッと照明が入る。

「はい！　これから、写真撮影タイムに入ります」

客席が大笑いになる。

「それでは、スマホやデジカメなどの電源をお入れください。私たちが上手、下手、センターと移動しますので、良きところでお撮りください。それからこれはどしどしＳＮＳにアップしていただいて……」

暴走しはじめたお母さんを、あわててメンバーが止める。

「じゃあ、まず上手」

ぞろぞろ移動する。

ロビンさんがつなぐ。

「タック、どんなポーズにしようか?」

振られたタックさんは、

「じゃあ、ダチョウ倶楽部《くらぶ》さんで」

タックさんのチョイスに、トホホとなりながらも、前列三人は膝立ちで後列三人は立ったままダーッとやった。

すごいシャッター音。ストロボの点滅がすごい。

「うわー、連写すご～い」

ミユキさんがつぶやく。

「じゃあ今度は下手。タック、次のポーズは?」

「じゃあ、『明星《みようじよう》』にしましょう」

「何それ?」「古ーい」「誰も知らないよ」

ブーイングを受けるが、タックさんはびくともしない。

「昭和のアイドル雑誌ですよ〜。今日のお客様は絶対皆さんご存じですよ〜〜」

聞きようによってはずいぶんなことをおっしゃっているが、タックさんが言うと全然イヤミに聞こえない。タックさんの人徳《じんとく》というものであろう。もっとも私はそんな雑誌知りませんけどね。

「ハイ、ポーズ」

みんな顎《あご》に手をやり、キザなポーズを決める。

ふ〜ん、昭和のアイドルってあんなポーズするんだ。ふ〜ん。

「じゃあ、最後くらいはみんなで中央に集まってカッコよく決めポーズしましょうか？」

みんなが密になると、お母さんのリーゼントの庇《ひさし》が、ミユキさんの顎にあたってしまい、ミユキさんはキャー、やだ〜と大騒ぎする。

ミユキさん一番長身なのに、乙女《おとめ》みたい。若〜い。

「なんか結婚披露宴みた〜い」

チョモさんが言うくらい、この連写はすごかった。なんせセンターでポーズだからね。

客席中が撮っている。

そのまま自己紹介、近況報告となった。

「……愛称はタックでございます。……テレビでおなじみでございます」

ただの自己紹介なのに、ちゃんと受けるんだなぁ。すごいよ。

「この日のために、ワタクシ鍛《きた》えに鍛え、とうとうこんな体になってしまいました」

腕まくりをして力こぶを見せる。

どよめく客席。

「ほら、あなた出番で次、着替えがあるでしょ。さっさとはけて」

ロビンさんが追い払う。

「次、ヒメちゃん」

「ヒメでございます。……主婦でございます」

「いいよいいよ。主婦になれただけすごいよ」

ロビンさん、なんちゅうチャチャの入れ方ですか！

「現役のころは、こわい上級生に厳しく指導され、特にこわかったのはリラさんです」

するとと、客席からまたよく響く声が。

「ただいまご紹介にあずかりました、リラでございます。そりゃ、私は、組の下級生シメましたよ。嘘偽《うそいつわ》りございません」

びっくり！　客席のリラさん、立ち上がっちゃったよ。客席からどよめきが。そりゃ、どよめくよ。ウチ、客席で立ち上がって挨拶しちゃった人、はじめてみたよ。

次々と自己紹介、近況報告が進む。そして一人ずつ退場していく。次の衣装チェンジや準備をするためである。

客席は温かい拍手でいっぱいになってくる。

いよいよ最後、お母さんの番だ。

なんか自分のことのようにドキドキする。

「皆様、ポロでございます。実は新型コロナウイルスのせいで、一年前に公演予定だったのに延期となってしまいました。ほんとうにやきもきやきもきいたしました。今、ここにこうして皆様にお会いできますこと、ほんとうにうれしく思います」

大きな拍手をもらえる。

「わたしたちがもう一度舞台をつくろうと立ち上がった矢先にこのような事態になり、もう神も仏もないものかって思いました。むしろ、これは神様がお前たちもう舞台なんてするなという警告かとさえ思いました。しかし、大変な打撃を受けた方たちは私たちだけではなく、ここにいらっしゃるほとんどの方がそうではないでしょうか？」

また大きな拍手。少し静かになったのを見はからって、お母さんは続ける。

「新しくお店をオープンされた方、就職が取り消しになった方。入学式や卒業式がなくなってしまった方、不幸にしてコロナに罹患《りかん》された方。すべての方が大変な思いをされました。私たちだけではありません。でも、へこたれてどうしますか！　やれるところまでがんばらないと嘘でしょ！　他にがんばっているすべての方々に失礼でしょう！　その一念だけで本日までがんばってまいりました。お楽しみいただけているでしょうか？」

ひときわ大きな歓声が上がる。賛同の拍手だなぁ。情けないことに、ウチも涙でグショグショになっちゃった。客席でも泣いている人、いっぱいいるよ。

「私は他のメンバーと違い、他に芸能活動は行なっていません。ですから、特に自分のことで宣伝することはございません。その代わりといってはなんですが、ここで私たちの仲間、島田ケイコさんをご紹介させていただきます。あちらの車椅子席の女性です」

ケイコおばちゃんが紹介され、客席の皆さんが体の向きをかえておばちゃんをさがしている。

「ケイコさんは、この公演の立ち上げメンバーです。途中で病に倒れ、長く手術、入院生活を送っていましたが、今日元気に一時退院し、初日に駆けつけてくれました」

拍手に応えてケイコおばちゃん、丁寧におじぎしている。もちろん座ったままだけど。

「ケイコは、実は私と一緒に音楽学校受験を目指した、いわば戦友です。歌もダンスもケイコの方が私よりずっと成績がよく、受かるならケイコさん、私はどう考えても無理だとみんなに思われていました。ところが、受験直前にケイコさんはご病気になられて受験を断念せざるをえなくなってしまいました」

会場がどよめく。お母さん何を言いだすんだろう？

「私は動揺しました。ケイコの病気は進行も早く、最悪の事態を覚悟してくださいとお医者さんに言われたそうです。でも、彼女は生還しました。この人、やっぱりすごいと思いました。私は見習わなきゃと思いました。なぜなら、私はようやく音楽学校を卒業したものの成績も悪く、歌劇団員としてとてもやっていけそうにないと、ちょうどその頃思っていたのです。家族や私のことを応援してくださる方に申し訳なくは思いましたが、やっぱり私なんかダメなんだとすべてに絶望して、歌劇団をやめてどこかに失踪しようと思っていました」

そんな話、初めて聞くよ。お客様は身じろぎもせず真剣に聞いてくださっている。

「そんなとき、ようやく元気になったケイコさんからご連絡をいただきました。私の分までがんばってって。自分がやっと闘病生活から復帰したばかりですよ？　そのとき、思いました。私には、この人が、ケイコが必要なんだって。ケイコがいないと自分は舞台なんてやれないんだって。そして、思わず言ってしまったのです。私のファンクラブの代表になってくれない？って。あとで周りの人に呆《あき》れられました。ケイコさんの気持ちを考えたことがあるのか？　お前より成績がよかったのに病気で受験断念した人をよく自分のお付きにできるな！って……」

場内が息をのむ。

「私は頭が悪いので、そんなことには考えが及びませんでした。ただ、私にはケイコが必要で、ケイコがいなければ舞台を続けることができないとただそれだけを思ってお願いしたのです。不思議なことにケイコさんとお付きになってもらったことについて、二人でこれまでじっくり話をしたことがありません。照れくさいので私の思いのたけをこれまで言うことはありませんでした。今、初めてケイコに本心を語っています。現役時代、ケイコとはずっと、それこそ二人三脚だったからこそ、私は歌劇団でやってこられました。今回の舞台も、真っ先にお願いに行ったのはケイコさんです。私は、戦友がいなければ舞台はできません。今回もケイコさんは、私の無理な頼みを引き受けてくれて、この舞台をつくるのになくてはならない人になりました。途中で病に倒れたのですが、今日は客席にいてくれています」

大きな拍手、本当に大きな拍手が起こる。

「エンタメでは、作り手の思いや願いを露《あら》わにするなんてお客様には迷惑ですし、そんなダサいことはやりたくないと思ってずっときました。でき上がった作品こそがすべてで、その過程の苦労なんて本来はどうでもいいことだと今でも思っています。でも、今回だけはどうしてもケイコのことを皆様に知っていただきたくて、お時間いただいてしまいました。大変申し訳ありませんでした」

お母さんが頭を下げる。拍手は鳴りやまない。

「最後に一言だけ。先ほど皆さんで練習した三方礼ですが、客席に置かれていたシャンシャンは、島田ケイコさんの手作りです。カーテンコールでは私たちも一緒に三方礼をさせていただきます。ケイコ見ててね」

お母さん、感極《かんきわ》まって泣きだしちゃうんじゃないかと心配したが平気だった。さすがにプロである。続いてお母さん、忘れずにプロジェクションマッピングを担当してくれた大学生たちのことを紹介する。客席から温かい拍手が起こり、私は感激する。

そうだ！　泣きながら聞いている暇はウチにはないのだった。満開の桜、スクリーンに映《うつ》さなきゃ。

舞台監督のコウジさんに、ロビンさんのお話の間に照明室に行ってきたいと話すと、

「インカム使えば？」

と自分が頭につけてるのを貸してくれようとする。

「直接行かないと……」

言いながら楽屋口を走り抜ける。説明している暇はない。

いったん劇場の外に出て、スタッフ証を見せながら走る走る……。

照明室に駆けあがり、ワタナベ先生に、

「舞台側から客席のシャンシャンがゆれる様子を撮影して、スクリーンに映すことはできませんか？」

と聞いてみる。

「お安い御用。ちょっと頼むな。すぐ戻ってくる」

大学生に言い置くと、ハンディカムを持ってすぐに走りだす。

上手の袖でハンディカムの使い方をレクチャーし、プラグをつないでワタナベ先生は風のようにお戻りになった。

ワタナベ先生は後半のプロジェクションマッピングの操作を、ウチも皆さんの着替えのお手伝いをしなければならない。

◇◇◇

後半の舞台は、お母さんたちが現役の頃、歌った歌をセレクトして、歌って踊るショーだった。

チョモさんが『グランドホテル』というミュージカルの曲をしっとりと歌い上げる。

続いてヒメさんとミユキさんのデュエット『ロミオとジュリエット』。なんかミユキさんは王子様だし、ヒメさんは可憐《かれん》なお姫様そのもの。二人見つめあって歌い踊っていると、妖《あや》しいのなんのって！　ウチひそかに赤面《せきめん》してた。思わず両手で顔をパタパタ扇ぐ。

タックさんが『ミーアンドマイガール』を演技しながら歌い踊る。本当の青年のよう。カッコイイ！　本当にずっと舞台離れていたの？って思うほど素敵だ。

いよいよお母さんが深紅《しんく》のドレスを着て『恋の曼陀羅《まんだら》』を歌う。YouTubeで一万回は観てきた楽曲。前奏が流れたとたんオーッという声が上がる。きっと配信ご覧になったお客様だね。でも、やっぱりナマはいいなあ。お母さんも生き生きしている。

次は『愛あればこそ』をロック調にアレンジして、ロビンさんが歌う。すっごい迫力。照明がロックコンサートのようにギラギラ変化している。やっぱりプロの照明はすごい！　照明のおっちゃん、マウント取りたがりの嫌なやつやと思ってたけど、プロはやはりプロだ。

ロビンさん客席に向かって流し目大サービス。

ヒメさんがドレスをお着替えになって今度はソロ。ウチはヒメさん専属の着替え要員にもなっている。といっても背中のファスナーをあげて髪飾りの位置を直してあげる程度だが。

袖にある姿見で入念にチェックしてから、ヒメさんは登場される。チェックは他の演者の誰よりも念入りだと思う。

ミユキさんがソロで『アマール・アマール』を歌う。この歌好き。客席から自然と手拍子が起こる。先ほどの王子様ルックと違い、今度は女性っぽいお衣装。こちらもステキ！

お母さんが出てきて歌う。その後、すぐにチョモさんが出てきて歌い継ぐ。その後、デュエットになる。

チョモさんだけ残り、ここからメドレーになる。チョモさんもお芝居仕立てで歌詞がストーリーになるような演技をしながら歌う。し、しぶい！

ヒメさんが登場『ル・プアゾン』を歌う。これはちょっと小悪魔チックに歌う。こんな人に言い寄られたら男性はメロメロになっちゃうなぁ。

メドレーなのでどんどん出てくる。上手袖のお手伝いでウチはてんてこ舞いになる。

タックさん『風のシャムロック』。しっとりと聴かせてくれる。

現役時代を知るお客さんたちがうっとりされている。

ミユキさん『Ｉ　ｗｉｓｈ』。ロビンさん『情熱の翼』。

ほんとうに皆さん、五十代？

その驚異的なパフォーマンスってどうよ？

素人目《しろうとめ》にも、超人的なスキルや体力があることがわかる。

あっという間に舞台は終盤に。


お母さんたちがご挨拶を終えると、ミユキさんが、

「では、開演前に練習した三方礼、ご一緒にやりましょう。皆さんシャンシャンの用意はいいですか？　お立ちください」

皆さん、笑顔で立ち上がる。

「お隣さんとしゃべらないでくださいね。しゃべっちゃだめですよ。喜びはダンスで表現いたしましょう。では、まいりましょう。ファイブ、シックス、セブン、エイト！」

カウントと一緒にシャンシャンダンスがはじまる。壮観！

ウチは、ハンディカムで客席の様子を映す。

みんな、一斉にお母さんたちのシャンシャンダンスと同じ向きにシャンシャン振っている。

うわー！　季節はずれのお花見だ〜い。

スクリーンに桜の森がゆれる。

ケイコおばちゃん見える？

来年はお母さんたちと一緒にお花見できるといいねぇ〜。

お客さんが自分の姿が映ると、手を振ってくれる。

ケイコおばちゃんも映したい。

もうちょっと高く、もうちょぃと背伸びして、両手を真上に伸ばして車いす席を映そうとする。

「セクハラじゃないよ。肩車する？」

舞台監督のコウジさんが目の前でしゃがんでいる。

「ありがとうございます」

躊躇《ちゅうちょ》なくコウジさんの首にまたがる。

この局面で、「えー、でもウチ重いからぁ〜」とかとりあえず言ってみせるようなＪＫじゃないんだよ。

ふんと気合いを入れてコウジさんが立ち上がる。

高っ！　楽勝でケイコおばちゃんにフォーカスできた。

ケイコおばちゃん、スクリーンに向かって手を振ってくれてる。

あっ、ロビンさんのお母さんも手、振ってる。ニコニコしている。

ケイコおばちゃんの旦那さんも、何かスクリーン指さして言っている。

ロビンさんがこっちを見て、親指を立て『グッジョブ!』と言ってくれた。

やった! ウチ! なんてうれしいんだろう。

〝チョー、気持ちイイ!〟ってこれだよね?

コウジさんに、もっとあっち行って。今度こっち行ってと言いながら、ウチは金メダルを取ったいつかのレスリングの選手みたいな気分でいた。

アンコール

声は出せないが、いつまでもお客様の手拍子、足拍子が鳴りやまない。

――アンコール！　アンコール‼――

「それでは、皆様、お気をつけて、安全にお帰りください」

ロビンさんが言ったのに誰一人として帰ろうとしない。

「どうする？　アンコール曲用意していないし。困った」

どうしよう？　どうしよう？

「仕方ない。みんな出るよ」

ロビンさんがみんなをうながして舞台に戻る。

「ありがとうございます。……私のわがままで大変申し訳ないのですが、……ＯＧみんな舞台に上がって」

えーっ、大騒ぎになる。

真っ先にリラさんが上がってくる。それを見て下級生たちが、我先に上がってくる。

舞台ＯＧたちでいっぱい。

「皆さん、ソーシャルディスタンス、ソーシャルディスタンス！　ハグしちゃダメ！」

「ワクチン打った人、手、上げてぇ〜」

　リラさんが大きな声で言うとハ〜イと何本も手が上がる。

　こっちこっちとリラさんがその人たちを呼び集めて、

「ハグや〜」

　とみんなで抱きあう。

「リラさん、そういうの要《い》らないですから。これ、私たちの公演ですから。私たちより目立ってどうすんですか！」

　お母さんがクレームをつけるも、

「いやあ〜、ごめんごめん。あんまりうれしくって、つい、はしゃいでしもたわ〜」

　こたえた様子もなく、リラさんが舌を出す。

「テヘペロじゃないですよ。さあ、これからみんなで本家本元の三方礼やりますよ」

　オーッ！　場内の盛り上がり最高潮だなぁ。

　お手製シャンシャンをみんな持ってくれて、曲に合わせてシャンシャンダンスをしてくれる。

　本家本元のくせにひさしぶりすぎて間違えてしまい、照れている人もいる。

あー、お母さんうれしくてしょうがないでしょ。

最高に幸せな瞬間だね。

ロビンさんが、

「それじゃあ、皆さん、とっとと帰ってください」

と言ってしまい、また爆笑。

ロビンさんもきっと照れてるんだ。

ロビーはごったがえしていた。

「皆様、感染防止予防のため、ソーシャルディスタンスをお守りください」

ウチたちスタッフは声をからして、アナウンスするが、興奮しているお客さんたちは大きな声で談笑している。

お母さんたちは、これまでは終演後、ロビーに出てきて、自分のお客さんや昔の仲間たちと交流したり写真を撮ったりしているみたいだが、今回はもしものことがあるといけないから、楽屋でメイクを落としはじめている。

「あなた、ポロの娘さんやろ？　私の愛称な、リラって言うんだけど、あなた、お母さんから、私の愛称の由来《ゆらい》聞いている？」

うわぁー、リラさんがウチなんかになんの御用？　コワいんですけど。

リラさんがコワくて、私はブンブン首を横に振る。小柄で上品な感じの美人である。それなのにみんなあれだけ恐れていた。何かあるに違いない。

「リラの花って聞いたことある？　知らない？　ライラックのことなんやけど」

ライラックなら聞いたことある。確か白や紫、いろんな色があって、花言葉も色によって違っていたような……。

「そうそれ！　私の愛称に、ぴったりの可憐《かれん》な花でしょ？」

うなずくしかない。コワい。

「それをですね、あなたのお母さんは、リラさんのリラってゴリラのリラですか？ っておっしゃいました」

そんな！　失礼な！と思ったのだが、思いっきり噴《ふ》いてしまった。

笑いすぎて涙が出てきた。それをふきふき、やっとの思いで、

「すみません。母は粗忽《そこつ》もので、そんな失礼なこと申し上げたんですか？」

謝りつつも泣き笑いは止まらない。

「でしょ？　な、あなたのお母さんって天然すぎるでしょ？」

リラさんも言ってるそばから、涙流して笑いころげている。

「私もねぇ、最初、聞いたときにはオニ怒りしたんやけど。後になって何かおかしくなって自分でも、ゴリラのリラなんですぅ〜って、ことあるごとに言いました。ポロにそれ、いただきましたって言って」

それから急に真顔になって、

「そやけど、そういうド天然の人が、音頭《おんど》とったから、こんなすばらしい舞台できたんじゃないでしょうかね。フツーの人だったら、このご時世《じせい》にこんな大バクチできないでしょ？」

とウインクする。

「お母さんなぁ、明日の公演もあって大変そうだから、楽屋挨拶《あいさつ》なしで失礼しますね。ホンマすばらしかった。私も鼻が高かった。……あっ、こんなこと言うとまた、えらそうにしてって言われそうですね。そう、私が思ったのはね、みんながんばってるなぁ。私もねえ、がんばらなきゃいけないなということ。そんな気にさせてくれるエンタメってそうはないですよ。私ね、コロナ以降で今日が初めての舞台観劇なんです。それがこんな傑作。そうです！　ＯＧたちが傑作つくったんです。みんなでね、この災厄《さいやく》乗り切ったんです。花も嵐もコロナだって踏み越えて、あなたのお母さんたち、公演成功させたんですよ！」

リラさんの熱弁はまだ続く……のか？

いつの間にかOGやファンの人たちが集まってきてリラさんの演説に聞き入っている。

ウチはいつの間にか大きな輪に取り囲まれて、その中心にいた。

密だ。すっごい密だ。ウチ、まだワクチン打ってないのに、ダイジョーブ？

目の端に、ケイコおばちゃんの車椅子《くるまいす》が通るのが見えた。

人と人の隙間《すきま》からおばちゃんが顔をのぞかせ、

「帰るね。明日もがんばってね」

と口を動かすのが見えた。

えー、ケイコおばちゃん帰っちゃうの。桜の森がゆれるのどうだった？と思ったら……

あー！　忘れてた。明日の分のシャンシャン、もうちょっとつくらないと足りなくなっちゃう。

そうだった。まだ初日が開いたばかりで、ウチらの公演、まだ終わってないし。

うわぁー、リラさん、演説まだ続く？　早くホテルに戻ってシャンシャンつくらないと
……。ヒカル、今夜も徹夜だよ〜。まだあんた、大阪帰らないよね？

泣いたり笑ったり大忙しのOGたちの輪の真ん中で動くこともできず、ウチはトホホな気持ちでいる。でも、ま、いっか。

こんな瞬間ってめったにないぞ。ていうか、まさに奇跡の瞬間じゃん。

神様、どうか明日の千秋楽《せんしゅうらく》を全員無事で迎えさせてください。ん？　このお祈り、もう百万回目くらい？

ま、いっか。最後の一回、心をこめてお祈りしよっと。

公演が成功しますように。ケイコおばちゃんが全快しますように。イチカさんも早く復帰できますように。

あっ、これ忘れちゃダメじゃん。

世界中が一日も早くこの災厄から立ち直れますように。それからそれから……神様、お願いの順番、間違えてごめんなさい。そこは、浅はかなＪＫのしでかしたことです。どうかお許しください。怒らないでくださいね。神様はきっと心の広い方だから、大丈夫ですよね？

それからこの際だから、ウチのお願い、全部かなえてください。

信心深い方じゃないので、神様にお願いすることなんてこれまでめったになかったのだが、ウチはＯＧたちのつくる輪の中心で、ここぞとばかり手を合わせていた。

あとがき

著者　宮津大蔵

二〇一八年のことです。

よく晴れた秋の日。我が家に友人たちを招いてホームパーティーを開きました。

ゲストの中には、主にミュージカルで活躍された女優さんがいらっしゃいました。その頃の彼女は、舞台活動を休止中で、お嬢さん（小学校四年生）を連れてのご参加でした。

たまたまリビングのテレビが点《つ》いていたのですが、

「あっ、これ、私が出たやつだ！　ほら、これこれ！」

昔の舞台中継が映《うつ》っていて、彼女がはしゃいだ声を上げました。

「オーッ！　今と全然変わらないねぇ」

「ねえ、アーちゃんが、もう大きくなったんだから、また舞台に復帰したら？」

テレビの中で歌い踊る彼女を見て大はしゃぎする我々大人《おとな》の中にあって、小学四年生のアーちゃんだけは、なんでそんなこと言うかなぁという微妙な顔をしていました。

照れているような、嫌悪感を抱いているような、それでいてどうしても気になるというのを周りに悟られないようにしている……そんな顔です。

そんな顔をしたままで、アーちゃんは、ポツリと言いました。

「ママ、まさかだよね？　また舞台なんてやらないよね？」

それを聞いて、少々アルコールが入っていた私たちは、調子にのってさらに無責任な発言をしてしまったのです。

「これまでずっとあなたのママは、子育て中心の生活だったんだよ。アーちゃんも、もう四年生なんだから、これからはママの活動、応援してあげなよ」

「……そんな、みっともないよ！　ママ、もう年なんだから」

「ちょっとぉ。失礼なこと言わないでよぉ」

ママも口をとんがらせます。

「だって本当のことじゃん。……カッコ悪いよ」

でも、ママの活躍する姿はちょっと観てみたい。そんな複雑な感じでした。親子げんかが始まると嫌だったので、あわてて話題を変えたのを覚えています。

テレビを観ていたら、若かりし頃の母親が急に出てきて、びっくりしてしまう……そんな経験をしたことのある子どもは、どのくらいいるのでしょうか。

普段、食事の支度《したく》をしてくれたり小言を言ったり一緒に買い物したりという、自分を取り巻く『日常』の中心人物が、急に過去の『非日常』の姿をしてテレビの画面に現われる……そんなことがあったら、当事者にとっては、『若い頃のママ、素敵！』ってそんな簡単には、はしゃいだり応援したりすることはできないのかもしれません。

もし、元女優さんが一度辞めた舞台に復帰すると言いだしたら、その家族はどんなことを思うのでしょう？　当然、様々な影響を受けるわけですから、応援してやろうという決断をするまでには、それなりのプロセスが必要になってくるのだろうと思います。

そうそう、大事な人のことを忘れていました。ファンの人たちのことです。昔、ファンだった人たちは、いったいどのように思うのでしょう？

「嬉しいなぁ。また会える！」

と喜ぶのか、それとも、

「なぜ今さら？　旬《しゅん》はとっくに過ぎたのに」

と心配するのか。はたまた、

「よせばいいのに。過去は過去。夢よもう一度、とはならないのに」

と残念に思うのか。

でも、そんな元ファンの思惑ばかり気にしていたら、楽しくないですよね。

自分の人生なのですから、やりたいことを思い切ってやるべきだと思うのです。

『あの時、辞めたことを後悔しているわけではない。辞めたことに未練があるわけではない。でも、せっかく培《つちか》ったスキルを使わないのはもったいない。今こそ発表したい！　発表できる場ってないの⁉　今の私の方が、人生の経験を積んでもっと深みのある表現ができるのに……そうだ！　発表する場がなかったら自分たちでつくっちゃえばいいんだ！』

そんな風に思って復帰する方もきっといらっしゃるはずです。

そして私は、昔のファンや家族を巻き込んで、舞台復帰実現のために悪戦苦闘する、そんな女性たちの物語を書きたいと思ったのです。

私の妄想は膨《ふく》らみ、二〇二〇年の春には第一稿が仕上がっていました。

ところが、ご存じのように、世界中でコロナウイルスが猛威《もうい》をふるい、そう簡単に舞台をつくることは出来なくなってしまいました。

私の物語も、全面的に書き直すことを余儀《よぎ》なくされました。

登場人物たちは、家族の反対や業界ハラスメント、元ファンたちの心無い中傷《ちゅうしょう》などを乗り越えるだけでなく、コロナ禍《か》で激動する世の中とも闘う羽目《はめ》にもなってしまいました。

現実世界では、たくさんの舞台が中止や延期をせざるを得《え》なくなっていました。

そして、私は、世の中の動きを睨《にら》みながら、ここまで書き進めてきました。

今は、二〇二一年の九月です。ちょうどブロードウェイミュージカルの全面再開のニュースが入ってきました。一年半もの間、ブロードウェイは全面休業だったと聞いています。劇場関係者の皆様は、その間、どのようにお過ごしだったのでしょうか? きっと大変な思いをたくさんされ、多くのことを耐え忍んでこの日が来るのを待ち望んでおられたのではないでしょうか。駆けつけた観客の、ニュースでインタビューに答えている顔は、最高に嬉しそうでした。

ワクチン接種も進み、日本の新規感染者は徐々《じょじょ》に減ってきていますが、またすぐ新たな波が押し寄せる可能性も十分にあり、予断《よだん》を許しません。

そんな状況でドキドキしながらこの『あとがき』を書いています。

というわけでこの作品は、フィクションというか、私の『妄想劇場』です。実在する人物、団体、公演、エピソード等とは一切関係がありません。そこのところ、諸々《もろもろ》どうぞよろしくお願いいたします。

また、ポロやケイコやサキたちが、このたいへんな世界で、ますますしなやかにしたたかに生き抜いていく姿を、また別の機会にぜひ皆様に紹介したいと思っています。彼女たちのことを応援していただけると幸いです。

最後までお読みいただきありがとうございました。

うちら、まだ終わってないし

一〇〇字書評

切り取り線

購買動機（新聞、雑誌名を記入するか、あるいは○をつけてください）	
□（　　　　　　　　　　　　　　　　）の広告を見て	
□（　　　　　　　　　　　　　　　　）の書評を見て	
□ 知人のすすめで	□ タイトルに惹かれて
□ カバーが良かったから	□ 内容が面白そうだから
□ 好きな作家だから	□ 好きな分野の本だから

・最近、最も感銘を受けた作品名をお書き下さい

・あなたのお好きな作家名をお書き下さい

・その他、ご要望がありましたらお書き下さい

住所	〒				
氏名		職業		年齢	
Eメール	※携帯には配信できません		新刊情報等のメール配信を 希望する・しない		

この本の感想を、編集部までお寄せいただけたらありがたく存じます。今後の企画の参考にさせていただきます。Eメールでも結構です。

いただいた「一〇〇字書評」は、新聞・雑誌等に紹介させていただくことがあります。その場合はお礼として特製図書カードを差し上げます。

前ページの原稿用紙に書評をお書きの上、切り取り、左記までお送り下さい。宛先の住所は不要です。

なお、ご記入いただいたお名前、ご住所等は、書評紹介の事前了解、謝礼のお届けのためだけに利用し、そのほかの目的のために利用することはありません。

〒一〇一－八七〇一
祥伝社文庫編集長　清水寿明
電話　〇三（三二六五）二〇八〇

祥伝社ホームページの「ブックレビュー」からも、書き込めます。
www.shodensha.co.jp/bookreview